O —

editora Urutau

rua do cajú, 478,
jardim das cerejeiras
06724-015
cotia-sp (brasil)

avenida peirao besada, 6 – 2D
36163 poio-pontevedra
(espanha)

[+34] 644 951 354 [espanha]
[+55] 11 9 4859 2 426 [brasil]

www.editoraurutau.com.br
contato@editoraurutau.com.br

[EDITORES]
tiago fabris rendelli & wladimir vaz
[COORDENAÇÃO DE REVISÃO]
debora ribeiro rendelli
[REVISÃO]
marcella sarubi
[DIAGRAMAÇÃO]
victor h. azevedo
[CAPA]
victor h. azevedo, sobre fotografia de hamid tajik

dados internacionais de catalogação na publicação (CIP) de acordo com ISBD

	valadares, joão
V136a	atlântida xxi / joão valadares. - cotia : urutau, 2022. 96 p. ; 13cm x 19cm.
	ISBN: 978-65-5900-313-6
	1. literatura brasileira. 2. prosa. I. título.

	CDD 869.985
2022-2202	CDU 869.0(81)

elaborado por vagner rodolfo da silva - CRB-8/9410

ATLÂNTIDA XXI

JOÃO VALADARES

[primeira edição]
URUTAU
julho de 2022

sumário

[prefácio]

por uma história dos naufrágios

> *Sé que he perdido tantas cosas que no podría contarlas y que esas perdiciones, ahora, son lo que es mío. Sé que he perdido el amarillo y el negro y pienso en esos imposibles colores como no piensan los que ven. Mi padre ha muerto y está siempre a mi lado. (...) Nuestras son las mujeres que nos dejaron, ya no sujetos a la víspera, que es zozobra, y a las alarmas y terrores de la esperanza. No hay otros paraísos que los paraísos perdidos.*
>
> **Jorge Luis Borges,**
> "Posesión del ayer"

Em um texto bastante oportuno, o historiador francês François Hartog discute a perturbação na nossa experiência temporal provocada pela pandemia do Covid-19. Desde a segunda metade do século XX, vinha se configurando no horizonte das sociedades liberais uma relação com o tempo à qual Hartog denominou regime de historicidade presentista. Os regimes de historicidade organizam o passado em estruturas temporais inteligíveis. Sem dúvida, trata-se de um enquadramento acadêmico da experiência temporal que permite incursões pelo passado histórico, facilitando sua apreensão.

François Hartog entende por presentismo uma experiência do tempo em que o presente se impõe como o único horizonte. Quer dizer, estaríamos alocados em um "presente único: este da tirania do instante e do marasmo de um presente perpétuo". A estrutura presentista é caracterizada por uma cultura do "tudo ao mesmo tempo agora", preconizada no maio de 1968 em Paris, mas consolidada na Queda do Muro de Berlim em 1989. No entanto, a pandemia de coronavírus iniciada em 2020 conduziu à instauração de um tempo novo dentro do regime presentista. Um tempo sanitário, de reclusão e da certeza de que o confinamento é nossa única esperança para conter a pandemia.

O presentismo, como regime de historicidade característico das décadas após a queda do Muro de Berlim, não se esgotou, mas revigorou-se sob o ineditismo da doença. O confinamento é muito menos um retiro solitário do que uma reclusão conectada. O fato é que nossa relação com a temporalidade foi alterada. Na verdade, desde Hipócrates que já sabemos que a estrutura temporal das sociedades tende a mudar devido às doenças. No entanto, a temporalidade padrão procede em sua adaptação às circunstâncias inéditas. Hartog fala que precisamos forjar, cada um por sua própria conta, uma ordem do tempo não muito desarticulada, se possível, de um tempo coletivo que procure manter as diversas instituições, a começar pelo Poder Executivo.

Creio que a ideia de regimes de historicidade para demonstrar características da experiência das sociedades com o tempo já é concebida pela literatura há muito tempo. A obra literária, excetuando-se, em alguma medida, o romance histórico, não faz outra coisa que não instaurar regimes de historicidade adaptados às necessidades da narrativa. A seu turno, a narrativa instaura temporalidades próprias. O leitor é convidado a aceitar as regras do jogo dentro da perspectiva da verossimilhança. Quando o sentido mimético da identificação logra êxito, temos a experiência estética do belo.

Não tenho dúvidas de que o livro *Atlântida XXI* de João Valadares apresenta essa ideia de instaurar um regime de historicidade próprio do tempo de sua narrativa. A evocação do mito de Atlântida conduz o leitor à reflexão sobre a época em que vivemos. A pandemia então — sou arrogante ao afirmar isso — é o personagem central do livro. A Atlântida imaginada por João Valadares é uma distopia natural na medida em que a sociedade da Nova Atlântida sofre a opressão da "água" que a invade e a transforma.

Está instaurado o tempo da inundação ou da "pressão hidrostática", destruidora de tudo e de todos. João Valadares entrega a chave de leitura de *Atlântida XXI* ao leitor acostumado à erudição de Platão, Borges ou Eco, ao teatro de Shakespeare, Brecht ou Grotowski, às narrativas contemporâneas de Villela, Gaiman ou Tarantino. Essas referências podem ser colhidas em abundância na obra.

A história de Atlântida é uma das ficções mais impressionantes já produzidas no mundo. Quando Platão escreveu sobre o continente perdido no *Timeu* e no *Crítias,* talvez não estivesse muito preocupado com isso porque ele pensava mais na defesa de sua teoria das ideias do que na veracidade da narrativa sobre Atlântida. Tais narrativas, que também passam por Diodoro Sículo, Plínio, Eliano, Bacon, Montaigne, Verne e Poe, estão pautadas muito mais pela verossimilhança do que pela "verdade" histórica. De qualquer forma, um discurso sobre uma representação qualquer tem, ele próprio, um teor representativo. A aproximação entre a Atlântida mitológica e a Atlântida poética de João Valadares traz em si a verossimilhança necessária para transpor para o real literário algo formulado apenas em abstrato. Atlântida, qualquer uma delas, só faz sentido como um modelo distópico.

A Atlântida dos antigos ressurge agora numa Atlântida formulada no moderno. Se os antigos são uma invenção dos modernos, sua constituição como figuras de autoridade estabelece uma transmissão geradora de sentido que aproxima o passado do presente. O vórtice temporal aberto pela pandemia facilita essa aproximação. O livro de João Valadares é essa distopia que reinaugura o passado no presente em um regime de historicidade pandêmico. É o próprio autor, portanto, que afirma que "A história testemunha o passado e adverte o futuro".

O livro *Atlântida XXI* sem dúvida é uma história de naufrágios. Na verdade, é uma história de náufragos que buscam desesperadamente sobreviver em meio à inundação. Não é um libelo a favor da esperança, mas também não está impregnado daquele niilismo ingênuo e cego. Todos os contos que compõem o livro trazem as histórias de pessoas — e de um cão — que navegam em meio ao caos e que sobrevivem apesar de tudo. Em um tempo de tantas aflições, a obra de João Valadares é, assim, uma espécie de descanso da loucura.

Cláudio Diniz
Historiador
Sete Lagoas, junho de 2021.

* * *

o amor voa sem asas

Estava tudo ao contrário. O dia e a noite, a vida e os sonhos trocaram de lugar. Um estupor sem ação, sem sol, sem coragem para tarefas simples. Havia algo acontecendo lá fora, uma movimentação silenciosa em que os mais motivados intencionavam, como sempre, manipular os outros.

Alheio a tudo Flávio deslizava da cama sem tom algum para utopias, o telefone vibrando. Era o amigo sociólogo e pintor, bêbado, dizendo alguma coisa sobre uma revolução por se fazer e que viesse antes de anoitecer. Flávio bocejava a qualquer possibilidade de compreender a realidade catalogada em conceito de unidade.

— Aaahii, alegorias...

Despertando após muitas horas de sono. Verificou na moldura da janela que começava a escurecer ou já estava amanhecendo.

— Hoje ainda é ontem?

Do discurso nervoso do amigo, compreendeu pouco. Enquanto segurava o telefone, tinha em mente aquela vanguarda distraída, dois suicídios que estarreceram seu ciclo de amizades, figuras muito importantes do teatro e da música que desistiram.

O amigo já no meio de alguma reflexão:

— ... estou em crise real, Flávio, sinto implosões na boca, dores poéticas e performáticas. Parece que eu estou pintando com sangue. Os recentes tempos antigos da minha arte, sofisticados, passaram. Estou em busca de uma arte sem artifícios, conexão direta com os outros mundos, com outros povos. Temos a internet, nunca houve isso, mas o problema, Flávio, é e sempre foi que a gente não se escuta. Amigo, estou no encalço de um quadro que vai...

— Vou morrer hoje. — Flávio se assusta com a frase dita sem pensar. Algo havia atravessado a janela do real e ele escuta, mas não ouve, o que o amigo fala por alguns segundos.

— ... que fazer algo Flávio, estou te dizendo, tá todo mundo sem saber o que fazer, sem trabalho, achando que vai morrer. Queremos dignidade, ser humanos de novo. Ser humano é muito difícil, mas a gente sabe como fazer. É preciso ser honesto consigo mesmo, a gente sabe muito bem o que...

Ploft — Quando Flávio tocou os pés no chão.

— Meu quarto está... molhado!?

— ... que ajudar uns aos outros. Ser mais generosos. Pera aí que tem alguém gritando do outro prédio.

— Que andar você mora? — Olhando pela janela.

— O quê, Flávio?

— Meu apartamento está alagado, no décimo segundo andar, olhe pela janela!

— Como assim?

— De onde veio essa água toda?!

— Que água?

Uma surdez se propagou nos ares. Além do telefone, a atmosfera silenciou.

Atordoado com a água nas canelas, Flávio entrou no banheiro para fazer xixi, pressentiu um tijolo na garganta. A testa que doía há sete dias fez menção de latejo e quentura. O lixo boiando sem tampa exalava seu fétido ofício. Não conseguiu dar descarga, mas lavou as mãos com cuidado, atravessando com os dedos a bifurcação entre os gêmeos da mão oposta executando de forma precisa e minuciosa, exatamente como lhe foi demonstrado pela enfermeira no último pico de febre há três dias, ainda no hospital.

Do corredor viu uns livros que boiavam no escritório e, sem ajuizar as ações, se agachou para recolher os que conseguia. Algo lhe indicava que passou a segurar nas mãos a narrativa da própria história, se entendeu capaz de arranjar desculpas para os maiores crimes e ainda inspirar compaixão. Não sabia o que pensar. Muitos flashs de imagens e sons, lembranças abruptas da existência, aquele filme biografia que, muitos dizem, se revela aos que vão morrer instantes antes que se consume o fato. Refluxos despejados de uma vez, entrecortados, sem enquadramento ou edição alguma voltavam do estômago.

Do espírito sem música — cinema mudo de curtos capítulos, que não prescindiam da inclusão de legendas. Deu uns gemidos buscando cortar o silêncio. Seus escritores estrangeiros preferidos estavam submersos, a prateleira inferior completa. "Por que não deixei a teoria, línguas, história da arte embaixo?" — Mergulhou para retirar alguns tomos maiores presos na fórmica.

A literatura era a radiografia de seu pulmão doente, acelerava as possibilidades de óbito, mas rufava também o sopro do que podia supor existência. Como o antirretroviral, capaz de inibir a reprodução exponencial de uma estupidez mesquinha de ficar vivo a qualquer preço. Emitiu de novo pequenos gritos de socorro. Acudia e sacudia os livros, depositando-os na mesa sem ordenação. Como parteira de todas as ideias, do geoprocessamento à precessão dos astros, da culinária à história das terras e lugares lendários, aqueles volumes eram o ar na solitude.

Súbito, repreendeu-se por esquecer-se da filha adolescente que morava do outro lado da cidade com a mãe. Levantou-se e correu os olhos na prateleira de literatura nacional que, reagindo aos gritos, conserva-se quieta e amedrontada. Queria voltar ao quarto, pegar o celular, ligar pra ela, mas, na porta do escritório, a imagem pressagiou o fato, avistou na sala uma mulher sentada à mesa. Absorto, só a podia ver de olhos fechados já que a alva aparição ofuscava a consciência.

— Quem é você?

— Uma anja.

— Vá embora, sou ateu.

— Há quanto tempo está aqui?

— Como entrou no apartamento, você veio de onde?

— Entrei pela janela.

— Do décimo segundo andar?

— Vim nadando.

— Hã? — Assim mesmo, nessa interjeição de pergunta.

Na mesa a desordem de acúmulo real de objetos, computador, contas a pagar, livros, garrafa seca de vinho tinto, pratos e copos sujos eram ativos de uma possível ideia de verossimilhança. Passeou os olhos nas cortinas, sofá, cômoda, pequeno quadro com chaves penduradas, a porta com a chave no trinco, o tapete distinguido entre brinquedos, um quadro escolar. Restos de comida que vinham do lixo da cozinha formavam uma espécie pictórica aglomerada e autossignificante — obra de Vick Muniz flutuante.

Virou-se e foi até o quarto buscar o telefone. Poucos desolados sentem conforto na ilusão — pensava. Tentou ligar, mas estava fora de área, tentou outra vez, mais uma. Ligou para a mãe que morava a setenta e cinco quilômetros da capital, fora de área. Morava em casa! Procurou no site de busca a altitude da cidade — setecentos e sessenta e um metros do nível do mar, contra os oitocentos e cinquenta metros da capital. Arriscou o telefone fixo:

— Oi, meu filho, estou molhando as plantas.

— Mãe, pega o carro, seu celular, comida, remédios, roupas quentes e: sobe a serra!

— Você sabe que eu não dirijo mais.

— Mãe, houve um alagamento, dilúvio, algo assim. Pega o carro rápido e sai daí!

— Olha que lindo o beija-flor. Tô precisando comprar Omeprazol e buscar alprazolam na Farmácia Popular, você pode tra…

Breve silêncio.

— Mãe, pega o carro rápido e sobe o Morro do Cruzeiro!

(…)

— Mãe!?

O coração era o puro frêmito da asa do beija-flor. Sentou-se na cama. A bateria do celular com cinquenta e oito por cento. Iria ligar para tentar falar de novo com o amigo, todavia o rostinho da filha na tela do celular acordou um imperioso devir das alegrias da alma. Chorava. Precisava de uma chave para desembotar o ar. Citou um verso de sua poetisa preferida. Era preciso incitar, provocar a mente para a superação de seus limites, pois assim algo verdadeiro e interno nascerá e será revelado.

— Só o que está oitocentos e cinquenta metros acima do nível do mar ainda respira? — disse em voz alta.

Uma pantufa de tubarão tocou sua canela esquerda. Aquele tum-tum ritmado nas artérias, promulgando água que subia aos joelhos. Pôs-se de pé e caminhou até a sala, rompendo a resistência em regata firme.

A mulher permanecia à mesa e olhava para ele consternada, como se sentisse tudo que ele sentia, como se tivesse uma exasperação em pressentir o próximo pensamento de Flávio, como se fosse por dentro uma página em branco de algum programa de edição de textos à espera de sua escrita. Aberta ao desconhecido sem nenhuma exigência além da interlocução, já de acordo com o que quer que viesse acontecer lá fora ou aqui dentro, livre de julgamentos de qualquer natureza e curiosamente seca, as vestes, os olhos, os pés dentro d'agua, secos.

Uma percepção gélida percorreu os ossos de Flávio, que aprendia a lidar com o súbito interesse sensual de mobilização plena.

— Você não tem asas?

— Isso é fetiche, representação do óbvio, uma idealização humana.

— Você tem carne, sangue? Você come, bebe água?

— Sim.

— Eu estou sonhando?

— Não.

— O mundo acabou?

— Mudou muito, mas vai continuar.

— O que vou fazer agora?

— Insurreição, você também vai mudar muito e continuar, até onde der. Digamos que você vai ressignificar a desgastada palavra revolução, vai promover uma transformação pessoal, intencional, de dentro pra fora. E isso vai transformar completamente as coisas ao redor. Já estão diferentes, mas precisam de sua conflagração pessoal.

Ele, sem saber o que dizer, as palavras acometidas no ser como água ingerida, percorreram seu sangue em veias trocadas, foram filtradas e retidas no fígado, encheram os pulmões e repercutiram alto o pulso das veias ao lado dos olhos.

— Você pode fazer café?

Assunto de mudança pessoal não se apegava muito ao espírito de Flávio. Estimava-se tripulante de uma sociedade em transição de algo. Vivia como todos entre o moderno e o que virá depois, mas que, por enquanto, chamamos pós-moderno.

— Concordo com você.

— Com o quê?

— Conheço pessoas que são intensas defensoras de valores modernos como o mérito e a livre concorrência, como a alquimia e os buracos de minhoca. Gente que não consegue ver nem a beleza das coisas, nem a angústia dos próprios pais, nem a pobreza que assola vidas, nem a dor do filho. Gente de classe, sem instrução, ou apenas más, que falam sem compromisso algum de si mesmas enquanto emitem opinião sobre os outros. Que banalizam a dor e o mal. Covardes ou apenas perdidas, que não sabem e não tentam entender a profunda desigualdade circunstancial dos seres vivos.

Flávio teve uma ereção e sentiu vergonha, a anja riu descompassada na intuição, com cuidado para ele não perceber. Ele não tinha como saber, aspirou o ar que conseguiu para se acalmar.

Estava escuro e quase nada no apartamento era visível aos olhos, embora ele soubesse exatamente onde estava cada coisa, incluindo as que se moviam por entre os cômodos alagados. Viu no telefone que eram sete e dez da noite, desligou o celular para poupar bateria e em seguida o ligou para o caso de a mãe de sua filha tentar falar com ele.

— Revolução?

— Sim. A Revolução na República da Solitude.

— Vou fazer café.

A feitura demorou bastante. O pote se perdeu de café inundado na parte baixa do armário. Teve que tatear cada mantimento nas sacolas plásticas, colocando-os no bojo da pia. Era inventário daquela seção outros dois pacotes boiando, que comprou a mais para não ter que voltar ao supermercado naqueles tempos. Sorriu, recordando que os lavou antes de guardar. Secou e abriu. Tinha fósforos na prateleira de cima com velas, não teve dificuldades para terminar o café, mesmo com o botijão de gás e parte do fogão sob a água.

No preparo, trocou olhares com o anjo e pensou que, apesar de ser uma mulher, era assexuado como todos os anjos.

— Isso também é coisa de cartilha, invenção dogmática — disse a anja. — A gente não trepa nem procria por opção, mas temos sexo, sim.

Tal réplica não era bem uma resposta que pudesse satisfazer o tesão.

— E como é que nascem?

— Não nascemos, a gente na verdade não morre. "Você fala português, como?", você quer saber, não é?

— Ia perguntar...

— Sou brasileira.

— E os outros anjos?

— Cada um fala a língua de seu país, ora.

— E tem uma língua universal dos anjos, tipo quebranto, aramaico, latim?

— Não sei, não temos congressos internacionais, não sabemos bem uns dos outros, a gente se atém a nossa gente e dá muito trabalho.

E ali principiaram um diálogo aquático, às vezes pronunciado pela boca, outras intuído pela mente. Flávio admitiu que era ateu e que concordava com o pressuposto de que o conceito de moral variava conforme a época.

Mesmo que não tivesse certeza, ela sabia, óbvio, que ele estava falando algo sério, mas também que aquilo era um flerte, uma metáfora. Começava a descobrir onde ia dar aquela argumentação, não se adiantou.

Flávio abandonou a própria isenção e declarou que não suportava o amontoado de opiniões isentas de sua época, fundamentadas em utopias testadas e já fracassadas, ou distopias que não são capazes de sustentar um valor ao ser humano. O homem se abandonou.

E assim, foram dispersando todas as quimeras de construção da amizade até que surgiu uma pergunta fundamental.

— O que houve lá fora?

— As colunas da cidade caíram. Parece que todo o continente está à deriva. Fortes incursos da natureza em tempos sucessivos, terríveis terremotos e dilúvios, mas agora, porém, no curso de um dia e uma noite pavorosos, todo o complexo arquitetônico do Legislativo, do Executivo e da Justiça, além das bases de nossa polícia e dos exércitos, os frágeis hospitais, e as escolas, há muito abandonadas, foram engolidos pela terra. Afogados. Secos. Estéreis. A água oprime as cabeças de quase todos os viventes deste tempo. Florestas, devastadas, desvanecem em esquecimento.

Aquele ser celestial narrava os graves fatos com firmeza e profundidade, verdades de espírito raro e clarividente, ao passo que Flávio não conseguia manter a atenção no discurso e sim na constatação de seu valor.

Houve breve silêncio. Flávio sentiu um tremor que estimou interno, mas, diante do relato de tais notícias, compreendeu que os estrondos vinham de fora. O coração da cidade estremecia.

A obstinada água não hesitava em subir e ele ali, admirado, desligado da situação catastrófica, imerso no presente. Deglutia aquela beleza de traço hindu com a mesma obstinada contemplação.

A conversa prosseguiu para curiosidades amenas, respondidas prontamente por ela, mas nem sempre compreendidas por ele. Por várias vezes o brilho da anunciante tomava a frente do que era anunciado.

Ela quis saber de suas indiscrições. Uma tal perspicácia desenvolta de proferir veracidades trazia intrínseca capacidade de despistar o ouvinte. Flávio pôde expor juventudes vitoriosas — anos que giraram no passado. A seu juízo ele sempre ocupava o palco central dos fatos de sua história, reeditando-se como protagonista ainda incauto que parcelava o enredo dando atenção a um ou outro microclímax. A pior forma de incompreensão é a glória. Toda promessa de auge que ousava pretender em sua dramaturgia pós-dramática se arrefecia na vaidade.

Sob a noite foram caindo os raios do dia e a cumplicidade entre os dois foi virando contratos de novas sociedades. Os conhecimentos literários de Flávio interessaram muito a anja, que prestava serviço de frequentar asilos e tinha um amigo muito velhinho que era escritor, autor de *Covardias insones*, que Flávio leu, mas não gostou muito apesar de omitir tal informação. Essa ideia abstrata de a vida ser um recorte da realidade sob o ponto de vista de um artista interessou sobremaneira a criatura. O senhor Flávio quis saber como é que ela morava na Terra, ser uma brasileira divinal nata, e não deter compreensão das metáforas.

— É que cuidar dos outros dá tanto trabalho, lavra braçal de suor e prospecção divina, que não dá tempo para ler ou estudar — afirmou convalescente.

Sem perceber, Flávio absorveu alguns hábitos e trejeitos da anja que, também despercebida, passou a falar com um sotaque interiorano e com a mania de Flávio de passar a língua na frente dos dentes e as mãos no cabelo.

As perguntas mais básicas dotadas de essência e profundidade divinas surgiam em intervalos de quarto de hora. Banalidades preenchiam os entremeios. O tempo ia sendo adiado num bate-transe — papo hipnose que se animava naquele princípio do amanhecer. Flávio retomou o bordado dos outros sentidos quando foi servir café e percebeu as xícaras debaixo da água.

— Qual o seu nome?

— Luiza.

— Segura as xícaras pra mim.

Serviu e repousou a garrafa na mesa que, vazia, começou a boiar. A conversa persistiu íntima e provida de pressentimentos confusos, deixando a vida e tudo que acontece em volta à parte do que deslizava solto pelos caminhos do inconsciente. Uma ideia de aparência estapafúrdia, Flávio observou em sufoco concentrado — falta de ar, o sangue martelando nas têmporas:

— Eu te amo.

Vácuo silencioso de dar grandeza às palavras presas no tempo.

— Também me afeiçoei. E, pra ser sincera, isso é inédito pra mim.

O infortúnio da anja insegura com a missão que não sabia se ia mesmo cumprir tornou-se pauta de suas palestras. Apesar da fragilidade, sabendo-se condoída e ouvida com atenção, atrelou uma vez mais ao rosto a máscara alegre e risonha, sedutora, que por si só aumentava o interesse na escuta, mas distraía o afortunado.

Os vetores de seus olhos já não sabiam se opor e no constrangimento se calaram. Já não falavam, mas perfeitamente se entendiam. Com o tempo as frases que habitavam o diálogo nas mentes telepáticas eram versos emprestados de Salomão.

Ele se aproximou. Todo homem, ser político, vive o conflito entre a ética e o egoísmo. Ela cumpriu a estranha sina de ficar de pé. Era estoica sua atitude, mesmo que trêmula, resoluta. Beijaram-se e o que se adiava ainda de mansinho ateve arrombo de suspensão. No instante parado, ambos experimentaram distância do que sabiam de si, só a fusão era a razão de existir, pulsão de vida e de morte, presságio de gozo, mania da existência não ser válida dentro de seus limites.

O beijo ensinou a Flávio muito mais do que sabia dele mesmo e do mundo. Consentiu-se dono de suas próprias extravagâncias.

Luiza, que desde sempre foi plena e autoconsciente, sentiu na boca pela primeira vez o gosto de todas as frutas que já tinha provado. Fixou no sabor da maçã, para atestar da história bíblica o pecado sem culpa massudo e alegre.

Outra percepção primeira para ambos era que o escasso e o desconhecido magnetizam o medo, aquilo tudo que ridicularizavam era também seu e estava a postos para ludibriar seus intentos. Ao passo que dali pra adiante seriam sempre atraídos pelo que era falso dentro de si, a fim de desvendar sempre e sempre o que constituíam realmente.

Nada parecido àquela lama pegajosa dos pântanos da luxúria, esperava por ela, mas o que aconteceu foi outra coisa. Flávio por fim conheceu o amor, proporcionou ainda mais do que recebeu — amou finalmente em um único beijo.

Depois houve sim o ato, pormenores, transmutação que envolveu criaturas de um éden primitivo e a paixão erótica que escraviza e não permite abnegação ou poesia. Duzentos e vinte e cinco milhões de anos atrás todos os continentes eram um só.

Todo o ato foi festivo e rude, simples e sublime. Ocorreu e foi irresistível. Nenhum dos dois atentou fatalidade de dolo ou partilha do verbo, apoiaram-se na mesa por intuição dos corpos.

Gozaram no mesmo instante que a água seca uniu o mundo. Completo e submerso. Pangeia. Atlântida Universal. Útero, pó amniótico.

Os sintomas de Flávio se agravaram, os procedimentos de musculatura acessória seriam necessários em breve.

Luiza, que havia esquecido a razão pela qual estava ali, julgou as instalações do apartamento de Flávio inapropriadas diante da pressão hidrostática, que ficava cada vez mais intensa à medida que juntos iam mais fundo no pensamento.

Não adivinhava a informação, mas podia crer no paradoxo de que essa pressão atingia a mesma intensidade em várias partes do globo, mesmo que no fundo de cidades com geografias bem diferentes.

Munidos de novo aparato na existência, sabiam que era urgente chegar a uma unidade de tratamento. Tomaram a decisão de passar pelo Centro da cidade submersa. Da janela mergulharam verticalmente ladeando os apartamentos, cheios do líquido lodoso e translúcido que preenchia tudo que não era matéria. A água opaca como lente dava aos habitantes daquela Atlântida o aspecto dos gigantes, duas vezes maior que as pessoas normais.

Flávio e Luiza caminhavam de mãos dadas como adolescentes apaixonados, apesar de não serem jovens. Nem um nem outro tomou a liberdade de perguntar, porém sabiam ter vivido outonos em comum, mais de cinquenta cada um. Então vamos supor que compartilhavam visões de mundo, ao menos seus ingredientes essenciais, e por isso podiam compartilhar também o humor sarcástico e mesquinho.

As pessoas andavam nas ruas com os cabelos errantes de flutuação. Algumas ambulâncias ainda persistiam pressa, mas no geral o planeta estava calmo e resiliente. O cotidiano persistia acima da catástrofe e dos códigos. Diante da fatalidade o povo acabou por descrer a condenação, fiando-se ao trabalho. Cada qual seguia o curso dos projetos pessoais a despeito da inundação, atlantes guerreiros como os descritos por Heródoto, subjugados pelos gregos na guerra e mais tarde por Netuno. Apenas algumas atividades das artes da presença foram totalmente paralisadas. Por razões óbvias da aglomeração e também pelo risco hidrostático da pressão, que aumenta à medida que se aprofunda no pensamento.

No geral os cidadãos seguiam em suas tarefas diárias como antes, ou melhor, com algumas adaptações. Os homens passam, as maneiras se adequam, e mesmo que submergida a terra permanece sempre.

O casal desceu a rua pela calçada, rindo-se das lojas confusas e suas prateleiras de mau gosto. Em meio ao dilúvio, eles podiam rir e para tanto só podiam usar o lado oculto das faces, sintoma conclusivo da autêntica humanidade desabrochada na paixão. Os olhos exclamatórios que vinham de dentro dos mercados ruborizavam ao tomarem contato com a bruta flor daquele amor maiúsculo, semidivino, broto novo regado no infortúnio. Suas mentes propunham repreensões aéreas — com tórax travado no afogamento, passaram a respirar para os lados e conter as acusações. Indiferentes, entretanto, o casal os desprezava sem cortesia alguma já que o mal assim os instigava, e mesmo o bem era suscetível, nunca inteiramente íntegro.

Sem se bifurcar, dobraram à direita na praça das estatuas. O busto de Pedro Nava havia perdido um braço, mas o fato não causou tumulto. A careca de Carlos Drummond de Andrade havia adquirido uma espece de fungo ou mofo marinho. Ninguém na verdade reparou que os gigantes da literatura estavam se desintegrando com tempo. Os enamorados chegaram à rua principal, que sempre pareceu hermética, ensimesmada entre edifícios, mas que agora abria os olhos para perceber a profundidade vertical de seus arranha-céus. Assim, dispostos em paralelo, eram caricatura remota do Estreito de Gibraltar, mencionando outra localização geográfica e geológica do continente perdido nas águas.

Os moradores dos prédios menores, neoclássicos, aprendiam a usar as claraboias que davam para as sacadas e varandas como porta da rua. Qualquer que fosse o andar, amparavam o corpo na convicção e “saltavam” para o recipiente líquido que os recebia de braços abertos e acolhida infinita. Com a naturalidade dos peixes, sem exigir aulas, técnicas, ou qualquer conhecimento prévio, usavam os membros como nadadeiras. Traçavam naquele céu de empuxo trajetórias diagonais, encurtando distâncias entre o supermercado e o escritório, entre a padaria e o Parque Municipal.

As árvores do canteiro central cumpriam vocação de algas, ondulando as copas, como que detentoras de quociente coletivo ou sabedoria genética ancestral das primas aquáticas no fundo do mar.

Flávio e Luiza entraram no Parque. Passearam entre as árvores e, seguindo o exemplo de um grupo de crianças entusiasmadas com o apelo amniótico daquela nova atmosfera, nadaram entre os galhos em brincadeiras de pega, cirandas ornamentais, caça ao tesouro e rouba-bandeira.

Pareciam infinitas as possibilidades do prazer na infância ressurgida no caos, o especial anacronismo das escolhas mais absurdas que já se faziam indispensáveis ao grupo — modelo humano na catalogação dos assuntos mais importantes.

O Parque inteiro tinha sina de mãe, útero e compaixão, os lagos em repouso de gente eram disputados pelas aves, milagre da Mãe Natureza, que soube prover os filhos das capacidades simultâneas de andar, nadar e voar.

Flávio não questionou a toada dos pássaros sob a água.

Luiza tinha na pele a construção da primazia terrestre, nascida alheia a qualquer surrealismo, apreendia como novidade o que antes não tinha gosto.

Uma tarde mágica e sem fome transcorreu para ambos. Cada vez que seus lábios se tocavam, a história dos homens sobre a Terra rompia prognóstica de esquecimento, a arte do presente se vinculava à porta essencial da experiência. Nessa Era que é de ódios bárbaros, as pessoas delicadas tornaram-se requintadamente defensivas, como uma maneira possível de suportar o intolerável.

Pareceu um tropeço débil, mas era cansaço, dificuldade nos brônquios. Flávio ajoelhou no chão, depois deitou com a barriga pra cima. Um cão sem raça, amarelo, importunou--se com o perigo e latiu para responsabilizar alguém. Luiza, contudo, estava muito distante para ouvi-lo, caçava o tesouro do Pirata Barba Azul próximo à Fonte dos Maçons. O cachorro era grande no tamanho e na ternura. Imediatamente fiel, saltou sobre Flávio e lambeu seus lábios secos com atrevimento voraz. Antes de perceber repulsa, seus olhos se cogitaram mútuos.

O que era aquele bicho? Exatamente um canino e o que de melhor sabia fazer era a diagnosticada respiração de cachorrinho, prescrita em laudos médicos e popularizada nas cartilhas da moléstia. Intuitivamente Flávio fez mimese do animal e foi possível acalmar o tórax. Abraçaram-se. Talvez se tenham lambido. Rolaram na grama em sintonia e conivência.

Flávio sustinha a indiferença no engano, tão feliz e ignorante na cegueira de acasos sublimes que habitava conjuntamente ao amor de Luiza e, agora, do cachorro, que não percebeu a revolução interna na república do eu. Essas coisas não se nomeiam, foi um erro pedagógico da anja que ela admitiu mais tarde.

Luiza se aproximou com um senhor negro.

— Borges! — chamou o homem.

O cão correu para o dono como instrumento adequado na expressão da mensagem. O homem maltrapilho sorria e sabia-se amado. Em seguida o cachorro se aproximou da anja, latindo e abanando o rosto como se fosse o rabo. Acaso Luiza tivesse asas, essas estariam brilhando. Flávio se levantou solenemente e apertou a mão do homem.

— Seu cachorro me salvou.

— Cachorros escrevem ficção melodramática. Fazem tudo no exagero e quando alguém se abre, por fragilidade ou brilho próprio, desconhecem fronteiras.

— Acho que meu peito é trampolim.

— Coração bom, o bicho reconhece.

Flávio agachou mais uma vez para roçar o rabo no animalzinho. Uma vez mais o Parque era íntimo e infinito, microcosmo de Netuno, o seu jardim. No entanto, o relógio da guarita marcou seis horas e o guarda anunciou que iriam fechar os portões. Uma atmosfera covarde acabrunhou o firmamento.

Nenhum dos quatro soube de antemão, mas fora do Parque, os televisores, que persistiam acesos, pareciam afinal compreender os gráficos. Como que chorando, davam nome às vítimas: Marcelas, Tiagos, Pedros, Adelitas... seres como os outros na peleja insossa da ética e do poder, acometidos pelo momento histórico, se autocomputavam naquela dificuldade severa dos afogados.

Foi instinto celeste que tocou o espírito de Luiza:

— Precisamos ir.

— Pra onde?

— Ao hospital.

— Por quê?

— Acho que você já sabe, está muito mal.

— Eu sei, mas tenho uma sede imensa de vida, de luta, de trabalho e, mesmo que bebesse toda a água que envolve meu ser, não apaziguaria a sede de amor que tenho por você, pelos nossos próximos encontros, pelo que ainda vamos viver.

Ela entendeu, devolveu juras de amor, mas não cedeu. Enlaçou o braço do amante e colocou os dois em movimento.

No caminho pararam na Opinião Pública, lanchonete vegana em frente ao Parque, e compraram coxinhas de palmito e bico de bananeira. Enquanto comiam do lado de fora do estabelecimento, ouviram dois homens que se insultavam amistosamente. Um magro e introspectivo, doente de angústia insólita, repreendida pelo inerente medo da morte, listava os próprios agouros: tosse, espirro, nariz entupido, garganta chiando, dor de cabeça e ouvido, tudo junto — febre não. Dizia ao outro que exibia face lustrosa e sem pejo. Este, por sua vez, postulava objeção a um Projeto de Lei que, diziam, iria garantir a escorcha dos contribuintes com impostos enormes, mas que não ofereciam nenhuma vantagem. Receava que uma vingança popular estivesse a cargo de parcelas exclusas da sociedade, que tinham meios de prover o ódio, como bandidos justiceiros capazes de se justificar pela miséria. O outro retorquia que o amigo apenas calculava a moral, era absurdo aceitar um mal porque os outros tantos males existiam.

Luiza pagou a conta e abraçou Flávio, eles se beijaram.

Foram repreendidos em "ouas". Nestes casos é missão da realidade tornar a morbidez atraente. Perceberam isso e se beijaram novamente.

Beijavam-se como os jovens para afrontar os desaforos incomensuráveis da vida, beijavam-se para abranger a ineficácia da autoridade civilizatória, beijavam-se para desprender de si a pressão hidrostática que os envolvia, beijavam-se porque é muito gostoso beijar com o furor da paixão.

A prática remota do cordão do tempo atestou inveja e desconforto. Todos em volta se dispersaram. E eles ainda se beijavam. Beijavam-se porque toda e qualquer pretensão de humor aquieta-se com o toque do divino universal. Beijavam-se como se aquilo pudesse salvá-los, como as batatas saciam a fome, como os filhotes perdidos das tetas chupam vorazes as orelhas de seus irmãos. Beijavam-se porque talvez fosse a última vez que fariam aquilo.

Toda aquela abundância de luz descortinou a rua. Vazia. Menção alguma de viva alma.

Haviam anunciado o decreto de calamidade pública e consequente lockdown. Caminharam tranquilos na região hospitalar com atenção retrátil e silenciosa à igreja sem graça e ao teatro recém-reformado. Flávio cogitou a possibilidade de reza, mas olhar e ver, aportar a prudência de se envolver com as coisas ao redor era seu plano de oração meditativa. Caiu atravessando a rua.

Não tinha mais a inconsciência motora dos pulmões, precisava se dedicar a tarefa de sugar o ar mobilizando todos os músculos. Como a personagem trágica de um conto trágico, Flávio levava a morte dentro dele sem poder sonegá-la. Alguns transeuntes, convocados para as tarefas que não se pode deixar para depois, elogiavam, à distância, a prontidão da mulher que como um anjo apoiava o moribundo.

Luiza nestes intentos tinha a praticidade de toda anunciação. O recado era que o futuro poderia divergir de seus desígnios. Ela caiu, amou, brincou entre as árvores e os humanos, beijou em demasia, mas tinha um trabalho a fazer.

Recrutou dois homens fortes, *outsiders* nos modos e cavalheiros na presteza, que desceram do ônibus solícitos de máscaras e até luvas.

Enquanto caminhavam por Flávio, fantoche de vara, ele podia se entregar vagaroso ao trauma que prometeu a si. Haveria de morrer como profetizou no início da noite passada. Contavam vinte e duas horas que sentiu aqueles horários trocados, conhecera Luiza e o amor, um cão e seu pastor, e, mesmo que agora fosse sobrevoado por abutres internos na calçada em frente ao hospital, agora que de fato estava morrendo, conscientizava-se que acabara de viver uma ressurreição espetacular e faminta dos sentidos mais puros.

Na porta do hospital, com os olhos perdidos no fundo da cara, enquanto os enfermeiros traziam a maca e da cavidade das pálpebras corria uma lágrima alegre e silenciosa, avistou um rosto familiar. Ele! Ele mesmo, Flávio, de pé! Bípede, bipartido, sorrindo sobre os ombros do médico, piscou para seu igual carregado e moribundo. Tinha o olhar implacável de quem podia matar ou morrer — "quem não sabe dominar a máscara é dominado por ela", refletia algum de seus dois com os olhos anuviados. A consciência curtia o sentir como se o seu coração fosse o coração de todas as coisas, compostagem de insumos enriquecendo os dons da vida.

— Um resfriado comum, dor de cabeça frontal, coceira do nariz, garganta tijolo, febre constante com picos de três em três dias. Os sintomas só vieram fortes no sétimo dia, acho que foi ontem, né? — A jovem médica fazia a pergunta sobre cada um dos sintomas.

Flávio acenou com a cabeça positivamente para cada um deles, bebendo devagarinho, a finos tragos, o fio doce da vida. A doutora anotava as respostas em uma prancheta. Muitos fios estavam atrelados a seu corpo indo e voltando nas máquinas que emitiam bip em pulsos ritmados. Tinha na expressão aquele arroubo de vítima, afogado seco em desespero, a cara acumulada na certeza da morte.

— Onde está ela? — pronunciou com dificuldade.

— Quem?

— Estou aqui. — Luiza acenou do outro lado da cama.

Eles se olharam com a cumplicidade habitual enquanto Luiza socorria a jovem médica nos procedimentos de intubação.

— O que houve com o médico que me recebeu no hospital?

— Dizem que está morto desde a semana passada. Desafiou o mal tomando em casa uma combinação de medicamentos usados em casos de infecção aguda para inibir a reprodução viral.

— Posso fazer uma ligação?

— Agora não — respondeu a médica.

"Minha Filha", pensou.

— Está viva — antecipou Luiza; Esteve aqui com a mãe, perguntaram do seu quadro clínico, se tinha UTI disponível e se você sairia dessa. Rezaram na capela do ambulatório. Disseram que sua mãe está bem, foi de bote até a casa da sua irmã. Seu amigo, o sociólogo, parou de respirar, afogado seco.

— E todos os outros que ainda estão debaixo d'agua?

— Não medimos esforços para mantê-los vivos.

O cheiro cru de esparadrapo cada vez mais se embotava, sumindo dos sentidos e do alvitre de Flávio.

— O que estão fazendo?

— Estamos tentando te salvar, seu tórax está travado, você precisa de uma musculatura acessória, vai respirar com o impulso da máquina.

Cada um dos passos prévios era bastante dolorido. O ar ou o mar, era intragável e inavegável, sendo o principal impedimento o lodo profundo que o país produziu ao afundar. Essa ilha situada além do oceano Atlântico sob o reflexo translúcido do Pacífico sonhava com recônditos desconhecidos e afortunados. Seu povo aprendeu a ser destemido e laborava inventos farmacológicos que prometiam não só curar a todos como dobrar a expectativa de vida.

Os efeitos sedativos agiam rápido em Flávio, as pernas iam perdendo o jogo. Cada uma dessas terras escassas de ar desvencilhavam a lenda antiga. Como todo mito detentor de verdades eternas, o que tinha, o que era, fazia coexistir nele o homem despido de qualquer cultura, o homem apenas, sem os artifícios da civilização.

o sacerdote ensanguentado

A tarde estava como as outras. Algumas pessoas apressadas com suas mochilas e pastas apenas atravessavam o Parque sem observar sua beleza natural, seu estilo démodé, seus barquinhos da década de 40. Outras vinham para reafirmar na mente as memórias que construíram das árvores, jardins e flores. Buscavam sonhar de novo, acordadas, visitar o passado, trazer seus parentes hóspedes vindos do interior à visitação.

Jacques, negro velho, encabulava-se com aquele gosto de terra na boca. Grande não sabedor de tantas coisas, amplo questionador de alma socrática, buscava no céu, há mais de duas semanas, uma explicação para o que tinha certeza.

— Isso é cheiro de chuva. — Ele a aguardava idealizando a chegada.

Supunha ouvir trovões ameaçadores, e, em algumas noites, acordava molhado — suor, orvalho ou urina; só que água mesmo, despencada das nuvens, não lhe tocava a pele há mais de um mês.

Ele ficou sabendo dos afogamentos pela TV da lanchonete, mas essas coisas, como muitas outras do mundo lógico dos boletos, lhe eram indiferentes. Mobilizava o tutano com questões históricas e filosóficas mais particulares — seu lavor de conselheiro. Além disso, sua desavença com Guedes, um parceiro que tomou posse do Coreto, vinha ocupando sua desvinculada percepção.

— Terei de matá-lo. — A ideia desvirava a intuição.

Ele próprio, o Jacques, não se achava dono de nada ali. O Coreto, a Praça das Cabeças, a Praça da Vênus Decapitada, compreendia, eram assunto da Municipalidade. Até ajudava na segurança, avisando ao guarda de uma depreciação das placas ou monumentos, de um ou outro garoto perdido nas doses tóxicas dos tóxicos, que furtava alguém e se escondia nos arbustos próximos à Fonte dos Maçons, mas era só. No geral cativava a ordem das coisas, um filantropo sem causa, republicano raiz. No entanto, a rua e, no caso, o Parque sempre têm seus governos invisíveis. Ora prosperam com um líder minimamente justo que faz com que se respeitem os espaços, ora convulsionam-se à mercê de déspotas irracionais que herdam de Pompeu o governo do mundo e se perdem em grandiloquência.

A ascensão de Guedes representava a parte baixa da roda da fortuna. Jacques apreendeu das ruas alguns entendimentos históricos. Sabia que todos os dias as covardias destronavam reis, fosse no império do submundo, fosse na democracia representativa, fosse na Roma de César. A princípio quis disputar com aquele que julgava seu amigo, mas depois reconheceu nele o desejo legítimo de desfrutar o trono. Guedes era uma década mais jovem e conseguia sustentar ereções, levou uma mulher novata para o Coreto e se amaram ali, no clarão do dia, sob um cobertor de linha marrom. Desde então sentiu-se no direito de sustentar a coroa.

— "Sejamos sacrificadores, Caio, não carniceiros" — resmungava Jacques, citando Brutus, porque seu desejo próprio não podia ser maior que a ordem. — "Deixe estar".

Ao longo do dia, não comeu por esquecimento. Aliás, ingeriu uma banana pela manhã e só. O etílico apoio do tempo fez muitas voltas. Bebeu uma garrafa junto com a banana, abriu uma marmita remota de feijão azedo e doou o conteúdo ao cão. Animou-se e na Praça, em frente ao banco, encontrou uma nota de dois dinheiros. Somou as moedas que lhe deram no sinal e imediatamente adquiriu outra garrafa. Sorveu-a sozinho na Praça das Cabeças durante a tarde, enquanto preparava seu discurso daquele crepúsculo.

Jacques, o Sacerdote, tinha labor de conselheiro. Um dom natural. Palestrava com eloquência sobre qualquer assunto para qualquer um que quisesse escutá-lo. E muitos vinham para isso. Muitos que por suas aparências sujas e maltrapilhas não anunciavam consumo ou dízimo e, neste caso, não eram aceitos nem nos psicólogos, nem nas igrejas. Vinham em legiões solitárias se aconselhar com Jacques e, este sim, sucessivamente oferecia tempo e boas advertências aos inconformados.

Além desses atendimentos avulsos, ele também proferia discursos no principiar das noites para grupos maiores. Seus sermões mais inspirados, os tinha feito no Coreto, mas, com a atual crise política instaurada, optou por outra região. Já há alguns dias, ocupava o Bosque dos Brinquedos, onde começou a explorar o recurso cênico das trocas de plano para causar efeitos semânticos. Quanto mais sério o assunto, mais alto se portava no castelo metálico de cubos coloridos ou na casa das aventuras de madeira e corda. O cão sempre o acompanhava por onde ia na intenção primeira de lealdade e confiança, mas, claro, os olhos viriam sempre ao seu encontro na ternura afoita de "Me dê comida" e educado completava: "por favor", com um pequeno gemido de animal dócil.

O sol, impedido pelos arranha-céus, já não chegava na parte baixa do Parque. Imbuído de fé em si mesmo e duas garrafas de aguardente nos planos ébrios do entendimento, decidiu que faria seu púlpito no Coreto. Caminhava decidido, atravessando o Lago dos Barcos.

Rebuliço. Os primeiros seguidores se avisavam eufóricos. À medida que se aproximavam da Zona de Guerra, os demais semi-habitantes se estocavam mensagens subliminares com as pontas dos dedos, combinando a escolha de um dos dois lados ou um plano de resgate ao perdedor.

Quem visse de longe, tencionaria cardume ou enxame, ultrapassando uns aos outros já buscando ocupar melhor lugar de plateia, ou posicionamento de batalha, quando chegassem a campo aberto. Um sistema atômico móvel que tinha Jacques como núcleo, em torno do qual giravam os elétrons. Como a caminhada era firme e os seguidores muitos, o guarda intuiu conflito e seguiu o traçado.

Por sorte, Guedes não estava em seu posto. Nosso sacerdote começou a falar de pé sobre um banco de concreto, ao qual percorria de um lado a outro, buscando a cumplicidade dos ouvintes. Queria despistar a bebedeira e, para tanto, dispendia grande energia corpórea. Versava sobre comportamentos conflituosos, sobre como a soberba e a agressividade andam juntas, sobre necessidade de olhar para dentro de si humildemente. Incitava uma liderança individual e pessoal, ausente de medo, já que onde ninguém obedece, ninguém consegue mandar.

— Seja seu próprio líder. — Nesse ponto desceu do banco e correu para a escadaria do Coreto. — É preciso desenvolver a inteligência não racional intuitiva. — Trepou no gradil e continuou: — Vocês que sempre fizeram o que mandaram vocês fazerem, pensam que estão aqui porque foram excluídos da sociedade. Mas isso não é verdade, não foram eles que te excluíram, pois também são excluídos, não há estabilidade no medo, a diferença é que aqui tem a falsa ideia de fazer o que bem entendem.

O Sacerdote sentia que pronunciava as palavras corretas. Uma brisa suave percorreu seu corpo na percepção da convenção divina, sinal de fazer aquilo que o colocava em correlação com o dom, quando o humano compreende que nasceu para fazer alguma coisa. Percorria-lhe a confusa certeza de que o discurso era adequado àquelas pessoas que o ouviam, estavam ligados a um fio tênue, invisível, de partilha. Regozijo do espírito sem vaidade. Saltou para dentro do Coreto e prosseguiu.

— Pode parecer que vocês são mais fracos, se entregaram à ruína, mas a capacidade de superação que vocês têm é imensa. Todos os dias, se levantam na miséria e correm atrás da existência. São roubados ou presos, apanham dos policiais, mas se levantam, resistem sem se autodestruir.

— Cala a boca padreco! — Era seu algoz.

Desde o começo o reino do Guedes era violento, avançava tropas, queimava aldeias e cobertores, abusava de crianças, saqueava as garrafas dos soldados derrubados pelo álcool. Jacques foi percebendo e deixando a coisa seguir, infelizmente, por conta do afeto velado que nutria por ele. "Eu, por meu lado, razão pessoal não tenho para odiá-lo," — encarnava o próprio Brutus sem completar o pensamento com o famoso: "... afora a do bem público". Ia se aguentando calado por conta da amizade.

Essa coisa de gostar é assunto confuso. Um homem, Jacques, salva outro, Guedes, de uma morte idiota. Aquele que é salvo defere palavras de aversão — já que está acometido da injúria de ter se safado pelas mãos de quem considera mais fraco. Mas aquele que salva identifica nos gritos desconexos algum sentido de agradecimento. Mostra-se empático e ambos se gostam. A coisa foi assim porque numa das tantas brigas que Guedes ia se metendo — a bagunça começou na orla da Baía de Alexandria, em frente à Praça da Vênus Decapitada; aconteceu de, logo nos primeiros golpes, o opositor conseguir derrubar Guedes na água. Em menor número, era cercado por três, o impetuoso Guedes resolveu, então, atravessar a lagoa a nado. Uma câimbra revelou a face monstruosa daquele mar que lhe dava altura, mas sujo e lodoso, tornou-se pesado e repuxado para um bêbado que não conseguia manter-se de pé. Ele se debateu até julgar-se noutro plano de consciência. Enquanto os outros riam da fatalidade, Jacques, mais sóbrio, saltou no lago que dava na cintura e trouxe Guedes desacordado do fundo do pesadelo lodoso. Fez respiração boca a boca e salvou da morte este que hoje o afronta.

Jacques gostava de mulher, mas, livre, sabia nutrir afeto por homens sem precisar esconder. Já fora casado, deve ter ainda dois filhos, uma rameira no Baixo Centro, outro possivelmente engenheiro; e essa ficção progenitora distorceu sua capacidade de distinção emotiva. Seguimos assim, de um lado a ingratidão, do outro o afeto irrefutável.

— Vai desempoleirando da minha casa!

Todos se calam. Os dois se fulminam tensos. O perigo do sangue percorre o corpo do cachorro Borges. A menção alvoroçada de pequenos gestos toma conta dos presentes que ganham aporte de multidão — eram poucos, menos de vinte, mas, na cabeça do Guarda, aquele "junta de desocupados miseráveis, viventes das ruas, gentes que não têm nada a perder" poderia acometer tragédia.

— Saiam! Vamos fechar o Parque mais cedo hoje! — berrou o representante da lei.

As palavras não fariam efeito não fosse o inacreditável. A água a chegar de todas as direções encharcando os pés. "O tal cheiro impregnado de chuva", Jacques ultimou com espanto e comiseração. Água de veneno incubado que mataria milhares afogados secos e deixaria viver a maioria.

Esse inimigo translúcido principiava de inundar o Parque com sua lufada de vírus, vencendo milímetros por segundo.

As tropas em imediato se retiraram dos arredores do Castelo. O Guarda as seguiu em escolta na direção do portão principal. Guedes trazia uma sacola plástica e, dentro dela, enrolada em papel, a parte descartada de um frango assado. Borges, o cão instinto de Jacques, abocanhou o pacote e levou um pontapé agudo.

— Eu te mato! — Ideia conclusa.

— Vem! Tenta! — rosnou o cachorro.

Guedes se aprumou, largando a sacola rasgada no chão e armando os punhos. Jacques, puro ímpeto da morte, desceu as escadas saltando degraus e arriscou o primeiro golpe. Guedes o agarrou, ambos caíram, rosnavam e se socavam no ladrilho que já formava um espelho d'agua. Borges, na distinção do cheiro, cravou os caninos na batata da perna de Guedes. O Guarda voltava para recolher seus pertences na guarita sul e tomou partido na confusão.

— Parô! Parô! — Batendo o cassetete onde conseguia, acertando ora um, ora outro. — Já falei que não tem desordem no Parque!

Eles se separaram e cada qual correu para um lado. Borges atrás do dono.

— Vagabundo aqui não briga! — Triunfou.

O mundo de Otávio Cézar e Marco Antônio estava mais uma vez dividido em duas mandíbulas e ambas haviam de ranger uma contra a outra. Guedes cachimbou na Praça a duas quadras dali, descarregou a onda percorrendo as ruas frias da madrugada, transou com a garota do Coreto e dormiu junto dela enroscado no cobertor de linha que ela trazia consigo.

Jacques conseguiu na lanchonete "Opinião Pública" uma sacola com salgados secos sem carne, endurecidos. Dividiu com Borges, que mastigou lamurioso ainda com dores abdominais. Para saber sofrer dos males inerentes à revolta, Jacques arrematou a meia garrafa que restava. A noite muitas vezes tem vergonha de descobrir o rosto perigoso dos homens. Na feira noturna do Baixo Centro, trocou um relógio velho, que parecia valioso e guardava há tempo no fundo da sacola, por uma faca grande de carne. O cão manco seguia o dono na noite gelada. Dormiram na calçada, recostados no gradil do Parque, próximo ao portão leste. O barulho incessante dos carros na avenida principal foi a canção de ninar de ambos e não anunciou sonhos particularmente suaves.

Quando amanheceu, a cidade estava submersa, apenas os prédios mais altos se safavam da contaminação. Afogada seca, a população era tragada pela obstinada produção das coisas. O trabalho deu sentido às perguntas sem respostas que a humanidade carrega dentro de si no poema-luta da vida e da morte. Alheio à lógica dos boletos, sem trabalho e, portanto, adepto da depressão filosófica, Jacques, sem nunca se desvencilhar da cátedra de Sacerdote Pregador, refletia sobre a revogação do decálogo de Moisés, focado em um mandamento: não matarás. Fazia-se as perguntas que não sabia formular, buscando uma orientação para a própria existência. Devorador de cacos, repleto de prazeres e dores. Uma filha prostituta. Precisava vê-la o quanto antes, talvez algo não estivesse bem com ela também. Estava disposto a matar. O mundo estaria grato por ver eliminado um indigente. O submundo estaria grato por ver tombar um déspota inescrupuloso. O fim justificava os meios mesmo antes da morte de Deus. Era devedor do mito, dando ainda mais à vontade de Mefisto. Era agora o filho do desejo de matar. Pressentimento da sede, o mal sem nome inibidor da ética. "Quero tudo. Já o tenho, recomeço. Reconheço essa força dentro do peito de querer mais."

Rumou decidido ao Coreto do Parque Municipal seguido pelo animal que lhe devotava fidelidade. O trono estava vazio. Subiu as escadas e esperou. Perto do meio-dia, avistou entre outros das ruas o Guedes, parado em roda conversando. Um casal brincava com várias crianças entre as árvores na descoberta da flutuação — o mundo que agora tinha empuxo. Borges foi à farra com o grupo, não resistindo aos sons da arruaça da energia infante.

Jacques seguiu Guedes com os olhos. Ele passou em direção aos arbustos altos dos gatos, onde costumava ir para cagar. Estava cauteloso prevendo e antecipando a morte, tropel de pressagio, cão atrás do rabo. Antes de sumir no mato, se certificou de que o Sacerdote continuava no Coreto. "Sim. Tá lá."

Agachou e se aliviou. A operação levou no máximo dois minutos, mas as vantagens que temos nos fazem descuidados. Quando se levantou, mesmo antes de se limpar, foi receptor da ferocidade do ato. Uma facada contrafeita, forte para perfurar o pulmão, afilada na constituição dos ossos. Outra na barriga atravessou o estomago, vilipendiando a carne, bacon na dança, afobação de cão. A terceira na barriga também, que não soube avaliar se lhe rasgava novamente ou se aproveitava o rasgo muito próximo feito pelo segundo golpe, adentrou profundo atingindo ainda outros órgãos. A maçã desprende do galho, mas não cai longe da árvore.

— Vai, encontre a cama definitiva — aconselhou Jacques ao amigo.

Guedes caiu em cima da própria obra, teve tempo de se confessar. Filho da cachaça, do crack e da devassidão. As calças arriadas, o sangue vistoso muito pegajoso, empapuçando de fé e orações o peito e o abdômen que, santificados, se purificavam de frio e temor. Foi perdendo a liga com o fundamento.

Jacques, o Sacerdote, se afastou em respeito à agonia. Sabia-se bufão bêbado que vive e bebe a prostituição da filha, que acabava de encerrar a vida de um pecador também sem culpa, juntos eram o mal das ruas. Parou na Fonte dos Maçons e se lavou ligeiro. Os pelos crispados de fuga e frio.

— Borges! — O cão estava longe trepado sobre um homem deitado ao chão.

Seus olhos se encontraram com os de uma anja arranjada de estância que se fez à sua frente. Precisou fechar os olhos, pois a luz ofuscou a visão. Aquela não culpa, praticidade fechada da razão, que poderia lhe render tortura ou superstição, se dissipou. Clarividência. Comunicação sistêmica, sem palavras, direta e endereçada ao espírito. Alguma paz reconfortante. O corpo já estabilizando a temperatura.

Caminharam na mesma direção. Iam ao homem quase desfalecido, e ao cão, que lhe assessorava em algo muito importante. Simbiose entre as espécies.

— Borges!

O cão veio ao encontro do dono. "Sangue!" — distinguiu em meio ao cheiro de Jacques, depois lambeu para atestar o gosto. O casal também estava dado ao reencontro. Trocaram algumas palavras, mas todos ali tinham urgência de partir. O casal subiu em direção à saída principal. O sacerdote desceu com o cachorro em direção à saída oeste. O mundo tinha apenas um dono. Jacques iria buscar refúgio no Egito, o quarto de sua filha no Baixo Centro.

Todo o Parque se precipitou na oralidade da notícia. Rebuliço.

o que os cachorros sonham

Nos olhos: "Ele ali e eu aqui. Pernas. Vestido colorido".

Nas narinas: "Ele. Jasmim".

Nos ouvidos: "Carros. Crianças. Gargalhadas. Música".

Na boca: "Carne! Podre...".

Nas pernas e barriga: "Frescor de grama. Molhadinha".

Na cabeça: "Ele indo pra lá. Vamos, vamos. Siga, siga. A grama verde. Ele. Suor. Carne podre. Siga, siga. Chão molhado. Criança feliz. Siga. Suor. Gordura. Vento frio. Ele. Siga. Sol nas costas".

Borges, o cão. Instinto do mundo construído por fome e dedicação. Já sabia o que estava acontecendo antes de ver a cidade submergir. Na verdade, nem antes nem depois. Sempre foi tudo agora. Quando olhava, via. Quando farejava, sentia. Se prestasse atenção, ouvia bem longe ou aqui do lado. E assim por diante. Os sentidos em geral eram indiferentes ao que sua mente podia formular. Os cães — ou este apenas, nunca saberemos — detêm a parcela poderosa de um saber mais versátil que a memória ou a especulação. Presente no tempo, ali, no meio daqueles todos que ouviam Jacques, já sabia, sem precisar estabelecer intento, que a água estava nas pessoas. Dentro delas em precipitação de afogamento seco. Instinto.

Esse perecer de algo invisível também habitava seu amo amado por todos. No entanto ele nunca trabalharia com a hipótese da morte. Nenhuma formulação. Sempre o moto-contínuo de saber do agora, e não mais.

Pela manhã cumpriu as notas do inverno. Frio, o cão e seu pelo, uníssonos. Depois entra aquela ciranda moderna da violência descompromissada, diária, em que todos querem xingá-lo, enxotá-lo, maltratá-lo. Toda aquela atenção de não ser pisado e se tornar adepto da arbitrariedade, salta no lago desejando não pelos, agora malditos no verão particular de fuga, solzinho na metade no dia.

O estomago tinha azedume de comida velha, sem novidade, apenas autorização orgânica para a aparição de fezes — monstruosas.

A voz do amo e a atenção das pessoas. Era preciso mastigar grama. "Fez bom, um pouco mais. Grama. Grama." Retorno digestivo. O esfíncter sem amarras civilizatórias alargou embaixo de uma idosa de saias. "Azedume. Alívio."

O Guedes grita. O cheiro do amo se impõe contra alguma intensidade fortuita da morte. O Guarda grita. A água escorre do povo, inunda o mundo, patinhas molhadas. "Pernas. Pernas. Pernas. Pernas. Pernas." Todos se foram. Os sons vão se afastando do foco sensorial. Narinas: "Jacques. Guedes. Frango assado!".

O rápido deslumbre de cheiro instaura o sortilégio de aproximação. Isso acontece sempre para Borges. A ação é anterior à intenção, antes da percepção motora, já deu todos os passos, ou pulos, para estar de repente no destino. Fosse mágica não seria possível narrar. Tem as câmeras que filmam e depois se assiste, pode-se reproduzir, aproximar a tela dos olhos do animal, que irá contemplar a proeza sem admiração alguma. Teletransporte ou buraco de minhoca, a vã concepção do mundo fica tentando decifrar. E o cérebro completa a Gestalt para o homem não se assustar. Fato é que essa construção cognitiva da mente do animal existe e acontece assim.

Um momento o cheiro de frango. No outro tem o focinho grudado na sacola plástica.

O simples aroma é prazer bruto, alimento até. Contudo os músculos da boca também são detentores daquele salto no tempo que a mente humana não concebe. A ação de abocanhar o saco é primeira à intenção de fazê-lo. Um momento tem a umidade do nariz tateando a textura lisa e frágil da sacola. No outro a dor do pontapé nas costelas, com uma densidade plástica de galinha esquartejada na boca.

A dor comumente reagida em latidos pressionou o alimento rasgado que não dava jeito de se soltar. Mancando, se aproxima de Jacques. O dono ladrava por ele com a fúria de um canino raivoso, Guedes respondia com outros altos ladridos rosnados. Existência mundana, que não almeja metafisica. Asas sem olhos numa corrida pelos sentidos que não guardam memória.

O que se seguiu depois do chute foi tempo presente. Anoiteceu e amanheceu. Odor do Amo; os sons dos carros, dos aparelhos elétricos e das vozes humanas; o frango na boca, depois farinha e vegetais; as mesmas paisagens sempre inéditas e, ao mesmo tempo conhecidas, no viço de ver que faz questão de esquecer. Neste ínterim, Borges fez uma única escolha que não fosse seguir o amo; distanciou de Jacques para perseguir as crianças barulhentas e, na diversão terna que preenche outro de seus sentidos que é apenas sentir, se esbaldar no que não é instinto.

Tudo se passou acompanhado da dor de uma costela quebrada.

Aquele presente senso de concepção da imagem de Jacques como seu único e contumaz interlocutor teve dois abalos. O encontro com um homem mais cheio de inundação que qualquer outro, precipitado de morte, caído no chão, que dominou sua atenção com desespero do ar. "Saltar sobre ele. Viva. Viva! Puxa assim. Rapidinho. Rapidinho. Isso! Viva. Viva!" Saltava sobre o homem batendo as patas no seu peito.

O segundo abalo foi a astúcia da mulher que acompanhava Jacques. Já se passara um período longo ininterruptamente presente que o cão Borges não via um anjo. A aparição cegou seus olhos e ele se ateve em debate latido, confuso, dessentido. Ela tocou seu pescoço e barriga e, por um instante, a dor desapareceu como se o conteúdo do carinho fosse desinteressante frente àquela benzedura de gente que executava a ação de acariciar, fosse homem, teria uma ereção.

"Sangue!", o cheiro e o gosto de sangue no homem que o alimentava o trouxe de volta daquela espécie de transe celeste. Reconhecendo Jacques depois de breve momento em que se perdeu no céu dos cafunés.

Tudo se desfez em dois grupos que seguiram direções opostas.

A costela desgostosa estava lá de novo, tempo presente. O cão manco seguia o dono com lealdade e corrida embirrada, pleno dono da rua, guiado pelos arroubos do cheiro amado.

Vez por outra virava o rosto julgando senti-la, persistia nele a clareza aromática da mulher meiguice, anja jasmim, sem saber se deveras sentia ou apenas a detinha na memória — e esse saber memória lhe era bastante incomum. A cadência trípede de seus saltos o levava adiante para mais perto do que cada vez se distanciava mais.

Jacques corria tanto que era difícil pra ele, escorando naquela amargura abdominal, segui-lo de perto. No encalço do odor de seu amo foi traçando o rastro em zig-zag, composto instantes antes por Jacques, que já não compunha seu campo de visão. O álcool e o THC conduzindo o baile entre automóveis.

Fazia muito que o cachorro Borges estava nas mãos daquele homem calejado de toda tentativa de se remodelar, filho da decadência processual da sociedade. Seu Amo que juntava pessoas negava que era homem vítima do capital, sofrido pela raça no preconceito social. Sempre repetia para si mesmo que era o professor dos pobres e, de fato, era o pai de alguma concepção teórica desconhecida, de origem espiritual. Lhe dessem mais uns anos de vida, oportunidade, um pouco de dignidade, poderia se tornar grande.

Em certo aspecto, Jacques era o companheiro dos sentidos Borges. Não uma coisa que o animal formulava, mas sabia. Há alguns anos contracenavam no palco da vida desta cidade desigual. Borges não era muito diferente do homem que seguia, era também parte de uma sociedade utilitária, vinculado à finitude, mas resoluto, dono de suas escolhas, sócio majoritário da própria existência.

Sentiu alguma fraqueza nas pernas. O esforço, concorrência com os minutos que o cheiro prevalece no ar, farejar o amigo entre tantos atrativos odoríferos, vencer as distâncias antes de ser perder não ajudava a cicatrizar o rasgo que a costela partida causava nos tecidos internos. Sentou na calçada. Quando se percebia largado ao sol, uma criança tropeçou nele e deixou cair um biscoito de chocolate.

Uma vez mais a mágica da aproximação. Entre desistir o corpo no chão e ter o biscoito entre os dentes, deteve-se apenas ao calor solar.

Com açúcar no sangue, pôde recobrar o faro. O perfume carregado de medo que vinha de Borges se distinguiu dos demais. Voltou à peregrinação manca em três patas, guiado pelo entusiasmo intransigente de uma causa. Estar ao lado de quem se ama vale esforços suicidas, vale a coragem de se lançar contra o infortúnio.

Não muito longe dali, o focinho encontrou uma portinha estreita por onde entrava o cheiro que perseguia.

Fosse homem, com aquela ventana de bicho, teria uma constatação excelsa de consciente coletivo. Uma fragrância de muitos perfumes e sêmen. Serpentes, lesmas, morcegos e aranhas: bestiário dos sonhos tranquilos de homens da Idade Média. Aquele pedaço do mapa na Atlântida do século XXI resgatava uma farmacopeia medieval, pele seca da víbora, servindo de remédio contra a impotência sexual. Começou a subir as escadas, mas um homem gritou e ameaçou violência, enxotando-o.

Então Borges se acomodou em frente à marquise de uma loja do outro lado da rua, recostando a costela latejante no frio metal da porta fechada. A ação trouxe algum alívio da expiação lombar. O bolor de sêmen ainda ocupando a atmosfera entre os carros. Observou o subir e descer de homens por algumas horas.

Na virada pra noite, o homem que o enxotara mais cedo saiu da portinha, caminhou uns cinquenta metros na calçada e parou em uma lanchonete na esquina. "Amo!" Quando se levantou viu que do ânus havia gotejado sangue. Cheirou, lambeu, averiguou o próprio rabo, lambeu, mas de lá não saiu mais nada. "Agora." Atravessou a rua e subiu de novo as escadas examinando de perto o fedor bestiário que se irmanava da falta de senso ou maneirismo. O medo de Jacques percorria os corredores e se detinha na porta de um dos quartos. Chorou, grunhiu e latiu para chamar o dono roçando as patas na madeira. Outro homem o empurrou pra fora com a mesma polidez dos brutos.

Escada abaixo do jeito que pôde, usando uma pata traseira apenas, e antes de atravessar a portinha vindo da calçada, deu de cara com um dos conhecidos homens do Parque

Municipal, um dos que todos os dias assistia ao discurso do Sacerdote. Eles se olharam fixamente. O homem deu meia-volta, correndo para rua.

Borges cruzou novamente a rua e na marquise frontal esperou com frio, adormeceu.

"Carros. Crianças. Gargalhadas. Música. Escada." Ele cachorro, bebê de rua, rosnava para Guedes com a boca em sua batata da perna de onde brotava sangue. O prazer do gosto, lambuzar da carne. Era bom e macio. Mordeu outras pessoas em volta do Coreto, todas as pernas, centenas delas, perfuradas jorrando sangue, empapuçando o mundo. Jacques se tornou um peixe vermelho seguido por Borges em mergulho profundo na lagoa do Parque. Dentro dela, toda a cidade. Nadavam em um vermelho pegajoso, mas ainda translúcido, passível de navegação. Tanto sangue, ou água, ou ânsia de vida, submergindo os prédios, ruas, carros, árvores, postes, placas, hidrantes, monumentos, tudo que se movia ou mesmo os objetos inanimados, ainda lá, nos opacos do sonho, sobre a sangria das gerações humanas. As civilizações são o avanço de concepções abstratas. Transformar e dar nome foi jeito que deu de dominar os elementos. Toda a água do mundo contida no sangue humano. Cabia aos cães libertá-la sem fazer perguntas. Os caninos de Borges se tornaram imensos sabres, perfurando e libertando os homens. Os rasgos que abria expeliam a vaidade e a arrogância do pecado original, permitia que voltassem a respirar, como brônquios no fundo do mar, retorno e/ou avanço evolutivo. Controversas suposições.

Os homens jorrando ar, exaurindo a pretensão de dominar os outros, concebendo a distração da existência. Simplificando tudo. Viver. Vir ver. O cão, não homem, tinha essa reciprocidade com a dádiva da vida. Sabia sem precisar saber, sem buscar sentido, sem explicar, destruir ou transformar. Nem sequer orgulho do feito lhe cabia. Apenas dos dentes que abria a linguagem para compreender nadando sobre o que existe, fosse água, ar ou sangue.

"Sirene". Ele abriu os olhos e viu as luzes da viatura. Matiz áspero da língua seca e avermelhada, traduzindo o gosto em imagem, aqueles homens que entravam impetuosos pela portinha e seguiam escada acima anunciavam perigo. Era sua obrigação latir para os policiais na ocasião de servidão obscura sem especulação. O homem do Parque, testemunha e delator, seguindo de perto a operação, sentindo-se importante. Mais uma vez barraram a entrada do cão, que teve que esperar os acontecimentos do lado de fora. Juntou gente na porta do sobe e desce, como carinhosamente chamavam o prostíbulo.

Quando desceram as escadas, Jacques estava algemado, a cara confundida na humilhação, suspirando gritos internos sem ar, desorgulhoso da situação. Borges veio até ele, rosnando intempéries aos guardas.

Jacques deixou cair-se ajoelhado na rua, tornando o espetáculo mais trágico, mais descritivo para a história que seria contada depois pelos transeuntes do Baixo Centro e pelo homem do Parque, denunciante sem nome. A ação permitiu aproximação de Borges e o que se seguiu completou a imagem pictórica. Cachorro e dono se olhavam pela última vez, buscando encontrar refúgio na lealdade. Aquela lambida áspera, sanguínea e malcheirosa denotou uma breve fonte de prazeres inacessíveis. Jacques raivoso, sacolejando em solavancos à força dos policiais, chorou, porque o amor do cão era o alívio de angústias acumuladas. Não da prisão, não da despedida, não da não culpa do assassinato, não do esquecimento social do qual é produto esmerilado, mas do desejo. O mais poderoso de todos os desejos é o desejo não de ser justo, mas de ser justificado. Pelo veredito de seu próprio coração, nenhum homem culpado é capaz de absolver-se, mas ser amado, ainda que por um cão, confere valor a sua passagem neste mundo.

Essa construção pública que dá notoriedade e holofote a um homem invisível vem acompanhada de fantasias surrealistas que usam máscaras austeras e impassíveis. Seu momento de foco por ter cometido um crime superou em muito os anseios de sermões na cátedra do Coreto do Parque. A vaidade vem guardando em prateleiras as fadigas do homem.

Borges acompanhou estes lampejos de celebridade da única forma que sabia fazê-lo, presente contínuo dos sentidos. As aspirações racionais de seu querido Jacques lhe eram indiferentes. "Ele, ele, ele. Sangue. Medo. Luzes. Volta. Volta. Espera. Eu aqui. Espera. Volta. Eu aqui." O cachorro, no ato heroico de aprumo vingativo, batia a pata na porta da viatura. O chute do policial não foi forte, mas acertou a região que já estava amarrotada. "Auuuuuu."

O automóvel partiu com as luzes intermitentes e toada da sirene. Na fantasia do herói, a vitória é indiscutível. Apesar da dor incomensurável, Borges se movia pra frente em saltos de três patas no imperioso devir das alegrias da alma. "Ele. Ele. Ele. Ai. Carros. Pessoas. Sangue. Ai." O feito de valentia e nobreza trucidava as vísceras. Algo de seu vigor interno jorrava do rabo. Fraqueza. Obrigado a parar a corrida obstinada. Ele cede quando a vista já não distingue as luzes da viatura com as dos postes.

Machucado e com fome, ensanguentado e triste entre os pedaços que restavam de tantas raivas e desventuras. Foi reparando sem interesse sincero o dorso afilado das pessoas sob os faróis, um rato feliz que mordiscava uma pipoca na boca de lobo. Fosse homem, condenaria suas proezas na escuridão da noite, mas não, antes, buscava ajuda no olhar das pessoas sem esperança de que alguma delas pudesse cruzar o seu. Arrastou o corpo até o canteiro de uma árvore. E, na terrinha boa, foi ficando fora de foco, misturando-se com a imagem dos arbustos. Uma estátua viva, um objeto obsoleto que nem sequer foi descartado. Na sequência fria das horas da noite, foi ficando transparente, invisível, até desaparecer.

acelerando sem sair do lugar

Lastro de mundo diminuto. Quarto, banheiro, sonhos, sala, cozinha. Toda a comida e o crack vinham em motos. Tyrone estava aposentado como funcionário dos Correios há três anos em decorrência da demência mental que a droga havia lhe causado. Uma vez por semana, abria a porta que dava para o elevador de serviço sem permitir ruídos e espiava o corredor. No caso de a resposta ser silêncio, descia devagar pelas escadas até a garagem. Neste dia encontrou o professor Ulisses que descia pelo elevador e se surpreendeu com sua furtiva aparição.

— Boa tarde!

(...) Tyrone não respondeu e Ulisses partiu.

O prazer do hábito. Bip do alarme. Entra no carro e senta-se no banco que fora do pai. Neste e nos sucessivos carros brancos de táxi que o pai teve desde que ele nasceu. Aciona o motor. Recosta-se no banco e dorme. O sonho daquela tarde trazia episódios das intermináveis brigas paternas acrescidas de onirismo e fugas: mulheres sedutoras, paisagens noturnas no percurso das ruas e cobradores armados, construídos nos traços de algum herói trágico dos HQs!

Acordou gritando pelo pai, que cuidava dele nos últimos anos e que havia se afogado há dois meses. Lutando para sobreviver às perversidades da incerteza, concluía antes de voltar para casa que, talvez, o pai o amasse.

um sobrevivente do inferno

Deus convoca e capacita. MC Yeshu'a nasceu ungido com a arte do blefe. Desempregado, com a mãe doente em casa, o pai morto, a namorada grávida, optou por assalto sem vítima. Na farmácia da classe média, ameaçava o sistema, empunhado uma arma falsa. O homem do caixa sentia uma birra enorme de ver um jovem que não pesava setenta quilos, cheio de canção no olhar, subjugado na neurose com o olho bolado. Antes de passar a grana, deteve-se um instante, foi preciso um berro, mais de pânico que de força, para que ele pudesse ceder. "Otário com medo faz merda", pensou resignado, entregando o dinheiro embolado na mão.

Yeshu'a não teve orgulho algum do êxito, quando menino, foi "pela ordi" e cresceu entre as esquadras da favela. Mas dois anos depois, adolescente já, enquadraram seus patrícios, e, durante a guerra que se seguiu, quando perderam o poder, ele estava do lado que perdeu, morreu gente até. Ia rodar na pele dos leva e traz, então, teve que sumir por um tempo com ajuda de um truta leal, que lhe acolheu na Santana do Cafezal. Aí, saiu do crime e conseguiu trabalho de carregador no Centro de Abastecimento, comeu melhor e engordou.

Com a inundação e a crise financeira, o patrão teve que despedir vários funcionários. Despois que perdeu esse emprego, tentou outras coisas, mas o que já era difícil estava agora impossível, as lojas todas fechadas, o dinheiro não circula. Yeshu'a perdeu todos os irmãos no tráfico, todos mortos e um preso, a mãe conversava com ele todos os dias, insistindo para que não roubasse nem traficasse. Estava doente. Para ele foi deprimente apontar aquela arma, mesmo que de brinquedo.

— Puta azar ter que voltar — disse antes de colocar o capuz.

Mas era guerreiro da vontade de vencer e não se abatia com a realidade.

— Essa grana vai fazer efeito pra minha coroa.

A Pedreira foi a comunidade que acolheu Yeshu'a, foi onde nasceu e cresceu e lá tem muito mais que drogas e crianças com armas nas mãos. Gosta particularmente das mulheres, quase todas mães solos, que vão vendo os maridos partir no vício ou nos tiros. Os filhos, flores no cascalho, crescem e o risco é o mesmo. Tem a religiosidade também, dar pra receber, simbiose com as entidades que muitas delas encarnam. A ideia dele era chegar lá e distribuir a grana, sabia que muitas patroas no asfalto não estavam contratando as tias como diaristas e a situação estava muito difícil pra todo mundo. Parou na mercearia e comprou todas as cestas básicas que o dinheiro deu — foram vinte e três, mais dez pacotes de fraldas e duas caixas de leite. Pediu o Marcondes, dono do lugar, para lhe emprestar o carrinho de carga e subiu com a primeira leva de cinco pacotes. Chamou na casa do Toga, que era no começo do morro.

— Me ajuda aqui.

— O que é isso?

— Comida mano, trouxe procês.

— Porra, velho! Valeuzão mesmo.

— Guarda lá e me ajuda a subir com o resto.

Chamou na Zefa e além da cesta levou também cinco pacotes de fraldas e uma caixa de leite porque tinham bebê em casa. Ela chorou de gratidão, bem-disse e benzeu o rapaz, professando futuro de grande homem. Estava certa.

Deu uma para a Maria Etelvina e o Peter pegou para mãe, Maria Auxiliadora.

— Bora colar com nós nesse rolê aqui, mano.

O Peter desceu junto.

Quando chegaram para buscar o restante da compra na terceira viagem, perceberam um policial à paisana no caixa e que tinha achado estranho um cara só com quatro cestas básicas. Ouviu a Cintia dizendo pro filho "Fica longe que aquele não gosta docê". Yeshu'a seguiu o labor sem medo, tinha agora a ajuda do Toga e do Peter, que revezavam com ele a subida, e um bando de criança que seguia atrás. Na terceira vez que subiam, foram pelo Beco Roxo e encontram o Jeizin, Grossão e Patrulha, outros Brothers do slam, estavam rimando na porta do Grossão, também colaram no rolé e a subida ficou suave. Entregaram uma cesta para a Tereza, que ficou ressabiada, perguntou quem estava pagando por aquilo. As entidades estavam expondo seus intentos e queriam saber se vinha da igreja ou da boca. Cidadã de bem, acostumada ao negativismo da sua terra.

— Fui eu tia, eu comprei procês.

Tereza sabia que Jesus Simplício dos Anjos, nome de batismo de MC Yeshu'a, era honesto e trabalhador. Recebeu dele os mantimentos, abençoando a ajuda. Abriu o pacote na hora e falou para eles esperarem.

— Vou fazer almoço pra gente. — Tereza era a madrinha de Yeshu'a, gostava dele como seu próprio filho.

— Não, tia, vou levar essa aqui pra coroa. A gente se vira lá pra cozinhar. Ela tá doente cê tá sabendo?

Tereza não sabia, quis saber. Puxou a porta e seguiu com o grupo até a casa da irmã Maria Simplício dos Anjos, ou dona Maria. Com a destreza das mulheres mães da periferia, cozinhou para todos, panelada. Enquanto esperavam MC Yeshu'a, DJ Toga, Patrulha, Grossão e Jeizin rimaram o assalto de Jesus e a partilha do pão. O som ficou tão bom que no futuro próximo essa seria a música de trabalho do grupo, a canção ficaria conhecida até na classe média, seria um clássico do rap brasileiro. Por enquanto a pobreza e a urgência de achar jeito de sobreviver ainda alagariam os próximos passos da história deles todos. Mas naquele momento era fartura, comida no prato, prazer de rimar. Na frente de Mamãe Te e dona Maria não se acendia cigarro. Foram na laje para cantar a nova música em looping, falar da realidade, fumar um baseado e digerir o amor materno da comidinha de Tereza. Lena chegou à tardinha com o Thiaguin no colo, beijou Yeshu'a, comeu com gosto e contribuiu com um verso para a canção dos amigos: "Na luta/ subiram/ carregando a existência, rango bom/ da mamãe Te/ no perdão da violência".

Ali, no meio dos seus, Yeshu'a teve uma iluminação: a música rimada é terapia para a pobreza.

A última cesta, Grossão levou para Tita, irmã de sua mãe, que estava sem nada em casa e não sabia do marido há quatro dias.

Fazer esse tipo de coisa na comunidade não é muito comum, na favela não se faz nada por conta própria. Tem que fazer junto, decidir junto, tem sempre mil pessoas que pensam diferente, mas que são tão inteligentes quanto você. Teve gente que se sentiu prejudicada. Faltou cesta pra muita mãe com necessidade. Na favela você tem que negociar, não pode decidir sozinho. Trolado, o produtor do grupo, trouxe as questões para Yeshu'a, que segurava Thiaguin no colo enquanto Lena preparava o bercinho para colocá-lo.

— Subindo e descendo o morro, chamando uma por uma as muié, cê não queria ser visto véi? O povo tá comentando.

— E tinha outro jeito de se fazer isso? — questionou Lena, pergunta séria no mágico ventre da noite. Mulher na comunidade antes de ajudar escolhe sem ver, tem postura de muita confiança, escuta o coração.

O Trolado continuou.

— Tem gente falando que o Yeshu'a é milagreiro, tão pegando o testemunho das mães que falam com seus filhinhos no colo "A gente tava com fome e ele trouxe comida pra nós". Teve mãe que chorou agradecida.

— Tá vendo. O povo tem que entender que na fome não se espera. Yeshu'a fez certo, quem é mãe não dúvida, mãe é a terra que provém misericórdia — disse Lena.

A própria Lena era terra. E água também. Mulher planta convertida na ternura, mole de sentimento e resistente na raiz, acabava de dar um fruto. Lena, a Mina Zica com quem se casou Yeshu'a também curtia rap e já estava compondo melhor do que ele. O Yeshu'a sempre foi "gangsta", pegador de mina, apaixonado pela vida. Mas com a Lena foi amor, sossegou. Ela aportava uma personalidade forte que não deixava de lado as coisas que acreditava.

No dia que Jesus e Madalena botaram o filho no mundo, sua mãe estava apreensiva. Sentia febre, mas não demonstrou, sentia também que não era o melhor momento para uma criança nascer. A água tomava conta de tudo, a cidade submergindo as pessoas. Ela própria, sem equipamento de mergulho, começava a se afogar. E o Thiaguin chegando, aquele projetinho de gente que, como todas as crianças da comunidade, já nascia sujeito às auguras do mundo, no risco de afogamento, desamparado pelo sistema de saúde, mas que tinha nele a força de unir a família. Jesus já sabia que a mãe estava doente, mas tinha que levar a procedência para casa porque havia um novo integrante. Um homenzinho começando sua trajetória naquela realidade de subvida, subemprego e futuro ameaçador.

— Olha o Thiaguin, se ele tiver com fome, Trolado, eu fico cruel, posso até matar um.

Trolado preparava o argumento para dizer à Lena que o Yeshu'a tinha que ter negociado com os mandatários, mas se calou quando o próprio diabo apareceu na sala em pessoa, com um berro na cintura.

— O que cê quer aqui, Camarão?

— Quero trocar uma ideia com o MC Yeshu'a.

— Ele tá colocando o filho pra dormir. Espera lá fora, por favor.

O Camarão riu, mas ia respeitar a mulher. Já estava saindo, porém, naquele mundo adverso, o que na mulher brota, no homem desmancha. A crueldade na mulher chora, chove, molha e germina, no homem, seca, mata e destrói.

— Colé, irmão? — disse quando Jesus entrou na sala.

— Segura aí, Camarão. Já falo contigo. — Jesus disse e voltou-se para Lena: — A criança dormiu, Princesa.

Mulher é semente e muda que cresceu. Homem é vaidade, erro de cálculo, coragem sem razão. Subestima o perigo e é por isso que vive pouco.

Subiram para conversar na laje. O universo tem símbolos trêmulos. O Camarão era dois anos mais jovem que Jesus, cresceram por ali, se conheciam. Tinha conhecido o pai de Jesus, o Zé Manteiga, e respeitava dona Maria.

— Você sabe que eu trampei com teu pai, né?

A história testemunha o passado e adverte o futuro. José Simplício ensinou pra Jesus que o sonho do homem preso é petecar a bola pro neto que não conhece. Quando tinha doze anos, o pai voltou pra casa depois de ficar oito anos preso. Nesta volta pra descendência, pôde rever os filhos, a esposa e conhecer o primeiro neto — sobrinho de Yeshu'a que hoje mora com a mãe em outra comunidade. Na ocasião o pai fez discurso de que cumprir a pena, ter coragem de ser melhor e merecer a liberdade era seu plano. No fundo quem é do mal quer ser do bem. Mas aí o José não conseguiu emprego e, na pirâmide do tempo infatigável, a circunstância corrompeu o homem, tornou-se um rebelde que não aceitava mais as mazelas impostas pelo sistema, movimentou o tráfico envolvendo e vendo morrer os filhos mais velhos. Dizia para dona Maria, com o olhar predestinado a triunfar, que era da máfia, mas estava fazendo revolução, uma forma de resistência da favela.

— Sim, Camarão, lembro que você foi "pela ordi" dele, né?

O Camarão prosseguia, acumulava modos amistosos, colocava as cartas na mesa, apresentando os argumentos da primeira tentação de Jesus.

— Irmão, cê tem que seguir o coração, véi. Olha pra baixo, pra cima. Aqueles moleques lhe têm amor, aquelas mães é pura gratidão procê. Cê é um herói aqui pra Pedreira.

— Pô, Camarão, eu tenho um puta respeito por você, véi. Tu cuida bem da gente aqui, trouxe paz pra comunidade.

— Que isso, mano, obrigação.

— Mas é verdade, cê é diferente dos caras que só explora nós.

— Então, mano, é o seguinte, vou lhe arrumar uma arma de verdade, amanhã tu vai descer pro asfalto comigo. Topa?

— Quero ajudar esse povo, véi, mesmo, e você sabe. Mas não posso segurar o cano, não, véi. O bagulho é louco, tem o lance do meu pai, cara. A coroa num concebe, cê sabe, perdi meus irmãos tudo. Aqui em casa num tá doce.

— Pô, Yeshu'a, nós vamos trazer grana alta para esse povo sofredor. Você vai poder alimentar as tias tudo da Pedreira.

Jesus se sentiu tentado pelos sabores do caminho na trincheira da noite, mas resistiu, deu um jeito de dispensar o dono da boca com a diplomacia de um grande líder, dizendo-se seu parceiro, concordando com tudo que dizia, porém, negando a arte da guerra, não iria pegar em armas.

Alguns meses já tinham se passado desde que a cidade estava submersa. Mas foi naquele momento em que começou a quarentena do deserto, ou da favela, para Yeshu'a. Suplício de pobre dura quarenta dias ou quatro meses. Mas podia ser quatrocentos anos, Brasil Colônia, quatro mil ou quarenta mil anos, os pobres estão sempre excluídos. Yeshu'a se perguntava que humanidade é essa que ainda precisava de milagre, transformar violência em pão?

O Camarão estava lhe dizendo que, para que a sociedade se curvasse sobre ele, bastava saciá-la. Seu desejo, primeiro ímpeto de bondade, foi dar comida àqueles pobres famintos, tinha que chorar porque gostou muito da ideia, ficou feliz e tentado a tornar o povo seu dependente. Ele próprio estava infantilizado por um milagre material, regozijando na saciedade do corpo.

Dormiu com um misto de ojeriza e orgulho de si mesmo, no entanto a noite tem o dom de sepultar imagens indigestas. Quando acordou na madrugada, dono de uma angústia inquieta, no auge de um combate entre os fatos e a esperança, teve uma ideia.

A favela sempre esteve em isolamento social de seus direitos. É por isso que sempre se virou sozinha, com as próprias leis e o próprio mercado. Não dá pra sacrificar o povo. O que a comunidade precisa é buscar parcerias para inovar a economia.

No dia seguinte voltou à casa das mulheres da véspera. Escolheu a maior varanda e propôs uma pequena cooperativa de trabalho. Elas fariam máscaras de pano, personalizadas, de vários tamanhos e tecidos coloridos. Ele desceu com a Lena, e a mina escolheu os tecidos. Levaram também os metros de elástico e linha, agulhas. No primeiro dia venderam tudo que produziram. O dinheiro era pouco, mas deu para alimentar a todos.

De repente no lugar da carência apareceu a potência e voltaram a sorrir dignidade. Parecia milagre, mas era cotidiano na favela, na adversidade a comunidade se protege, e quando trabalham juntas, as raízes das árvores se conectam. Aquelas vinte e poucas mulheres juntas formaram um espaço de segurança e ajuda mútua, cercadas de crianças e uns poucos jovens. Um superorganismo que tinha necessidade de proteção, contra quem? Contra os homens. Um lugar de identidade, autoestima, de reconhecer a beleza das diferenças e conviver com elas. Bicho social na emancipação.

Dona Maria teve recaídas, mas aprumou, era do tipo que ascende brisa, convoca troça, ri da própria discórdia. Mulher na favela é a mãe de todo mundo. Quem tem mãe é filho do divino, quem tem vó será bem-quisto. Adveio a ajudar na cooperativa e, na outra parte do tempo, ajudava na lida com o netinho pequeno.

Yeshu'a nasceu em Atlântida no epicentro da morte sob uma estrela metafórica, mais brilhante que as outras, a música. Ouviu o samba do morro, os compositores do morro. Na rádio gostava da música negra, as mulheres e os caras que trouxeram o suingue do soul para as canções de música popular. A favela em volta dele tinha cabras, vacas e galinhas. Ele bebê, ainda na instância intuitiva de puxar o ar, reconheceu o amor dos animais, quase irmãos, dentro da casa. Tinha também traficantes, igreja evangélica e candomblé. Dona Maria sempre foi muito querida na comunidade, o pai tinha posto alto no Comando da Capital, então o menino teve a bênção dos reis da favela. O dono da boca na época, que era o Chapola, o pastor Alcides e Pai João Preto vieram para trazer presentes pro moleque.

O que nos liberta é o que nos cura, MC Yeshu'a percebeu cedo na emulação do espírito que a vida era um erro que ele só podia consertar na arte. Reuniu os doze amigos mais chegados, a patroa e mandou a real.

— Deu turno, moçada, a gente precisa fazer um show, abrir caminho. Liberdade de pobre é caminhar com a consciência das dores, sacô? Essa música que a gente tá fazendo tem que ir pra rua. Nossa arte vai apresentar mundos imaginários para qualquer um que vive nessa realidade impossível.

— Vamos dar nome, cara?

— Bora! O que cês acha de "Atlântida XXI"? Pra falar do naufrágio, da gente que tá morrendo afogado seco por causa dessa merda que tomou conta do mundo.

— Já é. Achei foda!

Houve um certo alvoroço entre os amigos. Na tecnologia de comportamento coletivo, a palavra do Yeshu'a deu ibope e a molecada ajudou a espalhar. Era o terceiro show do MC Yeshu'a, mas o primeiro em grupo, o primeiro depois da inundação. O show Atlântida XXI ia ser no sábado às onze da noite, no campinho de cima. A Lena sugeriu bordar o nome nas máscaras e aquilo ser o convite. DJ Toga levou um par para o Camarão, que já estava sabendo, e ia de galera.

Mãe de família, bandido, trabalhador, criança, menina, menino, até os bichos iam aparecer nesse rap. A cultura hip hop já estava ocupando a Pedreira na geral. Tinha bip boy, MC, grafiteiro, gostando ou não, a cultura entra na linguagem, nas roupas, nos comportamentos. É presumível ver polícia de boné e tênis, playboy cumprimentando com os tapas das mãos e se chamando de mano, e por aí afora. Nem político e nem a publicidade têm essa capacidade.

O maior milagre de Jesus foi manter doze amigos próximos depois dos trinta anos de idade. Milagre coletivo, junta de gente que acredita na mudança. Quem pode juntar pessoas a não ser o amor ágape solidário? Entrega pessoal, falar e escutar, ser árvore de raízes juntas. DJ Toga, Patrulha, Grossão, Jeizin, DJ Renato, Miloca, Riobaldo, Vulgo Zero, Tadinho, Marquês, Frutado, Espanhol e a Mina Zica Lena, capitaneados pelo Mc Yeshu'a, fariam um show da palavra.

A consciência é a liberdade, o livre-arbítrio frente à miséria. Aquele povo subvivendo na exploração estava forjando por entre séculos um conhecimento libertador do qual essas catorze pessoas se tornariam os porta-vozes. A superação da fome e da miséria era já uma provação tão grande quanto o afogamento seco daqueles tempos. Acostumados com os sopros da vida no fundo do mar da desigualdade, seguiam como sempre, respirando embaixo d'água.

Mas não rolou.

Na sexta foi decretado lockdown. Aquele policial sem nome que presenciara o milagre das cestas básicas no supermercado do Marcondes ficou sabendo do show da Atlântida XXI por meio da propaganda nas máscaras. O impulso foi tamanho que o gambé subiu o morro na coragem, fardado até, lunático, e foi dar na casa do Yeshu'a.

— Não pode fazer o show. Vai matar gente, é decreto do prefeito, mas embasado na ciência.

Lena estava informada e deu razão ao polícia.

— Não dá para juntar pessoas, vamos disseminar o vírus e não adianta máscara, a parada pega no toque de mão, pega no ar.

Todos lamentaram, mas o Yeshu'a ficou arrasado. No sábado nem levantou da cama. Cumpriu as obrigações das fraldas do filho e só. Todos pensaram que era tristeza, mas na verdade estava se afogando, Lena também, com dores de cabeça frontal, amamentando. A criança nada sentiu. Dona Maria já quase não respirava, foi de ambulância para o hospital e a médica que a recebeu disse que ela precisava imediatamente do aparelho de musculatura acessória.

— Desculpe, não temos leitos.

Em dois dias Dona Maria foi crucificada no ambulatório por falta de UTI. Enterro simples com pouca gente, todos estavam com medo.

Solidão, depressão, vivendo dentro de si mesmo sem conseguir se comunicar com os demais. Cristo é o Deus encarnado, a perfeição, mesmo assim precisa ser purificado. Foi assim que começou a segunda tentação de Yeshu'a. Do alto do abismo, ele não via mais reciprocidade entre ele e o todo. Depressão social. Isolado da massa, observando as outras macas do ambulatório. Multidão, sem se sentir parte dela. Lutavam pelo ar, pão-vento de cada dia, entregue hoje porque o estágio da doença ainda não os afogava completamente. Desassossegado na revolta contra o estado de ser das coisas, ouvia o sussurro do Diabo:

— Contemple o que se tornou. Vamos, se atire, arranque o respirador, está escrito que alguém irá lhe socorrer, o filho de Deus não estará desamparado.

E Jesus é tentado a se entregar, o demônio na sua cabeça sugere que ele desista, se autoaniquile.

"Mas se tentar provar que é poderoso, vai deixar de sê-lo. O homem simples, trabalhador, é forte porque não desiste.", ele e Lena ouviram isso juntos no dia da inundação. Quem predisse foi um popular bêbado, sacerdote mendigo pregando no Coreto do Parque Municipal. O pastor ponderava que os excluídos tinham a inteligência da sobrevivência mais apurada que os demais, que eram mais fortes que os outros por causa da grande capacidade de superação.

O não suicídio é a possibilidade de se reconciliar com a totalidade dos povos. Yeshu'a se resignou, esperou com paciência e esperança até se sentir melhor.

Quando recebeu alta, a Mina Zica o recebeu com entusiasmo.

— Vamos dar à Pedreira a nossa mostra de compaixão e misericórdia.

— Como?

— Nosso show vai ser online. Essa favela toda já tem internet. E mais, a gente vai poder convocar uma comunidade global com os parceiros de todas as quebradas, de todas as favelas, gente que se considera irmão e se conhece sem nunca ter se visto.

Os Atlantes estrearam no sábado, cada um da sua casa, fazendo um show brilhante, dando às pessoas o direito de contar ou ver contada as suas histórias. Vinham carregando cruzes, o peso desigual do dinheiro, que faz excesso e falta. O que Yeshu'a e seus discípulos não sabiam é que o milagre das cestas básicas ficou na memória das pessoas, que contaram umas para outras, e essa lenda foi a maior divulgadora do Atlântida XXI. Aquele ato de compaixão fortalecia por dentro cada um individualmente. As pessoas, agora mais dignas, se sentiam bem-vindas em seus corpos, reconhecidas de se saber humanas, iguais às outras, irmãs. Esse novo hip hop no século XXI apontava para uma inteligência social. Inteligência no sentido também de ser sentida. Convite para pensar livremente, sem aceitar ideias prontas, Yeshu'a foi criador de liberdades. De pensamento livre e colorido, preto, branco, azul e todo o arco-íris dos ideais. Uma afronta às pessoas cinzas normais.

A compaixão não é uma virtude religiosa, é a capacidade de se colocar no lugar de quem mora na calçada, no lugar dos fracos, frágeis, limitados, frustrados... As letras falavam disso. A identificação foi imediata e o show teve repercussão nas favelas do país inteiro. Reproduzido em looping e monetizado nas plataformas de vídeo. Arquipélago de muitas ilhas.

Lutando para superar seu luto, encontrou sentido na luta pelos irmãos. Pobre desde sempre, Yeshu'a pagou as contas atrasadas, pôs comida na mesa e todo o excesso foi coração tranquilo para ajudar o próximo. Olhou para a favela que nasceu, comparou com a cidade que havia em volta de si, os excluídos, os que vivem situações ruins de pobreza extrema e não negligenciou os fatos. Começou uma luta contra a violência social por meio da música. Contra os leitos que só vinham para os ricos e a quantidade de pobre que morria afogado diariamente. Colocou-se a fazer o que precisava ser feito com coragem, encarando a verdade. O que ele fez, faz, é tornar os indivíduos fortes. Visibilizar os invisíveis. Vieram outros shows, um por sábado, os Atlantes, MC Yeshu'a e seus discípulos subiam na cátedra para disseminar seus princípios, que consistiam em pensar a partir dos pequenos, dos mais fracos, dos mais pobres; de nunca aceitar a injustiça. É exatamente porque um ser humano é mais fraco que tem que ser cuidado melhor. O melhor não pode ir para quem tem muito, para o poderoso. Tem que ir para quem tem pouco ou nada. Queriam fazer da solidariedade um estilo de vida, não uma virtude.

— Tem gente, muita gente privando os outros do essencial, da dignidade.

Claro que houve um ou outro que se incomodou com essa liberdade, com o não julgamento, com essa fortaleza de vida comunitária global edificada no carinho e na caridade. O mal está por toda a parte e não gosta do bem.

Socioculturalmente o que se deu foi um levante por espaço público digital. Com a cidade cada vez mais no caos, as autoridades não deram atenção, um cara na favela fazendo milhões de seguidores. Os Atlantes, como ficaram conhecidos, ganharam notoriedade no rap nacional e na imprensa internacional. Uma mudança da juventude preta periférica. MC Yeshu'a e seus discípulos, a batida *pow* emergindo do aglomerado da Serra para todo o mundo pop.

A grana não era uma tentação, mas o poder sim.

Status é uma palavra chula, mas foi a terceira tentação de Jesus, a vaidade e ego inflado, prestes a idolatrar o demônio em troca de todos os reinos do mundo. Esteve a um passo de se considerar monarca absoluto, de aspirar que toda a comunidade humana se ajoelhasse sob seus feitos. Quando se tornou arrogante, a Mina Zica se afastou. Como o ungido no talento do blefe, pressentiu as razões e buscou dominar a si mesmo, a quinta-essência de suas contradições. E percebeu que Deus e o Diabo estavam sempre em luta, inclusive nas atitudes das pessoas "boas", que não roubavam, não matavam, não vendiam ou consumiam drogas, mas que mostravam a parte mais feia do ser humano, pessoas que, se fosse necessário, prejudicariam o próximo para ser dar "bem", para se tornarem justificadas no mundo. Esse campo de batalha que é o coração do homem incide na favela e no asfalto pela lei da sobrevivência, do olho por olho.

Jesus construiu uma trajetória de autonomia e decisão, se formou pelo livre-arbítrio à revelia do materialismo, da tentação à solidão e ao suicídio, e do poder. No meio desta crise pandêmica, resgatado de um afogamento no qual perdeu a mãe, teve o ego vinculado e solidário, disposto a voltar ao Éden, mas agora munido do conhecimento do bem e do mal, reintegrado à natureza.

As músicas também evoluíram de consciência adquirida na memória do tempo. Perdoou, escreveu, cantou e gravou. Espectro individual que vai morrer um dia, mas vai deixar uma construção que já é eterna. Legado. Quando se fura uma bolha individualmente, o homem se torna grande, quando fura uma bolha social, o homem se torna santo. A ossatura e a alma universal da consciência humana seguirão seu curso. Jesus, Lena e Thiaguin andaram sobre as águas. A vida não vai se extinguir neste naufrágio da ilha. Nem a de Jesus, nem a dos que vieram antes, nem a dos que virão depois. Yeshu'a morrerá daí três anos, crucificado.

balneário celestial

A primeira vez que Luiza menstruou, sua vagina sonhou com o núcleo do planeta. Fogo ou terra líquida derretida. Matéria-prima no ofício de criar o que é possível. A vagina da terra é o vulcão. E a mulher sabia contar búzios, revirar as conchas. Mulher é o ovo e a galinha. Terra. O primeiro mar. Mulher tem cozedura de outras gentes, fermenta pessoa no ventre. Anjo ou anja é diferente, calma de lagoa que contém o mar. Só o que se agita no espírito do anjo é o que vem dos outros. É na prontidão da ajuda que superam a vergonha de serem celestiais. Cair é o desejo de ganhar curso, gravitar sobre margens próprias e necessitar buscar a luz, fazer por merecê-la.

O fogo da Índia fora da estrada, ocupa trilha no mato, dá o norte.

O drama histórico de Luiza era não ter vínculos. Atrelar-se a outros humanos é o que faz de um humano, humano. Ela anja queria em seu íntimo ter a oportunidade de ser julgada. Ser anjo no mundo tem esse espectro de fantasma, ouvir sempre da boca dos mortais que anjos não existem. E se tentasse argumentar que estavam a toda parte, os ouviria questionar, "mas então, onde estão as asas?". E esse dilema vinha assentando nos pensamentos de Luiza, água boa de lagoa em cidade grande, poluída, chacoalhada pelos motores, receptáculo de seres desconjuntados.

Voltando para casa do hospital, reconheceu o cachorro Borges, cansado e com frio, no canteiro de uma árvore em frente ao ponto de ônibus. O convidou para ir para casa e ele gentilmente aceitou.

Talvez o desejo mais ardente de um anjo é recuperar ao menos um fiapo de corporeidade, coração tangível no amor, que possa lhe devolver ao menos por um instante uma vida de carne e osso.

É, a vida de anjo não é fácil.

É, mas Luiza caiu e sua menstruação não veio.

Afoita, entrou em uma loja de departamentos online e comprou um macacãozinho amarelo de bebê. Um deslumbramento de macacão.

o filósofo da ilha

Alguma certeza tomada de assombro.

— Nunca mais vou sair de casa.

Há noventa e três dias, observa de seu panóptico as pessoas se afogando. Ali, parado na sacada com uma xicara na mão, Ulisses respirava com um lastro de angústia humanitária e nenhuma ação. Todos os dias, por volta das sete horas da manhã, meditava, vendo os populares nos ônibus, nos jornais, nos carros. Aproveitava para correr quinze quilômetros. Lá embaixo, a docilização das gentes que nos primeiros dias sumiu das ruas pelas terríveis notícias que chegavam nos aplicativos e na TV. Em seguida, guiados pela obediência voltaram às ruas com os narizes e bocas tampadas.

A doença tem poder disciplinar e atingiu comportamentos. Mas outros costumes eram tão arraigados que muitos ainda aguardavam na rotina o semáforo abrir, e cumprir a ordem, sempre na faixa dos pedestres.

O professor Ulisses conhecia algumas teorias e dali de cima ficava rindo dessa total submissão. Todos os dias sempre iguais. E se divertir do mesmo jeito. E rir na mesma hora. E desligar a esteira. E tomar seu banho e beijar "sua Calipso", amor de deusa, a esposa Pilar que já com panquecas ou tapioca ou pão de queijo estava à mesa do café. E sorver outra xícara com o jornal impresso nas mãos, era um dos últimos que ainda fazia isso. Depois, fumando um cigarro, dava uma volta no topo circular do prédio e dali de cima preparava a aula. Professor de Filosofia do Direito, mas especialista em direito penal, tinha mais liberdade que a maioria dos colegas para tirar da rua, dos romances, dos noticiários alguma metáfora jurídica.

Não é que não fosse feliz. É que já se passavam três meses que os tormentos e rumos perdidos da vida cotidiana o encerraram naquele topo do mundo, na Atlântida submergida do século XXI. Sentia falta de Rafaelinha. "Minha Penélope."

Apesar de morar ali desde os seis anos, foi a primeira vez que pôde vigiar a cidade daquela maneira, o povo lá embaixo na sequência domesticada dos afazeres, sublinhando os conceitos da aula que daria sobre "vigiar e punir".

Foi também a primeira vez que teve de fato a liberdade para ouvir o canto das sereias que, sim, era lindo! A existência com seus detalhes, a observância dos pequenos insetos, pombos nas marquises, pardais nos fios de alta tensão, gatos pelos telhados, lagartixas e calangos nas frestas do concreto. Ele próprio amarrado ao mastro vertical de seu arranha-céu, mais na ilha de Calipso do que na proa de sua nau atarefada do dia a dia.

Com os filhos criados e morando em cidades distantes, mantinha a ventura no trabalho e nos paparicos de Pilar. Então sempre sobrou tempo para ser muitas coisas: amigo de muitas gentes; professor-preparador de provocações; consultor-conselheiro do jornal do estado, dando suas pinceladas partidárias, mas às voltas com o humanismo; e, por fim, o cargo público de sempre na Caixa do Governo Econômico. Se ocupava deste há quase trinta anos na área de Seguros, seis horas por dia. O trabalho, que desde a informatização na década de 1990 era feito no computador, batendo cartão no escritório da Rua dos Índios, passou a ser executado no computador, batendo cartão no escritório de seu lar cercado de água por todos os lados.

Da cobertura dava para ver longe, para depois do estádio de futebol de um lado ou no parque industrial de outro, a serra onde estavam os dez por cento da população que como ele não se confrontariam com a morte.

Foi preciso os mais jovens concluir diversão para descobrirem o empuxo.

Ulisses ligou para o jornal e ditou a matéria.

— Agora escreve, vocês já têm o conteúdo.

O espetáculo ficou mais lúdico, as pessoas, e agora não só as mais jovens, passaram a atravessar o céu em trajetórias diagonais. A cidade sob a água tornou os elevadores e as escadas obsoletos.

A água não alcançou as suas instalações. A comida era pedida por telefone e recebê-la era operação de guerra. Cerca de dez por cento da cidade no alto dos arranha-céus se safava dos afogamentos.

Ulisses tinha herdado da mãe aquele apartamento antigo e luxuoso no coração da cidade, mas foi a esposa que o transformou em palacete, ilha de Ogígia. Pilar cultivava na cobertura uma linda ilha de jardins floridos, catalogando uma vasta espécie de flores e vegetação. Dos canteiros no gramado, brotavam rosas vermelhas, brancas, rosas e amarelas; beijos; hortênsias; bicos-de-papagaio vermelhos e amarelos; cinerárias; avencas chinesas e comuns; begônias; mulatas roxas e brancas na sala; onze-horas; capinzinhos rajados e verdes; antúrios; manacás; flor-da-fortuna e uma variedade enorme de suculentas. Das parreiras pendiam samambaias, orquídeas, flores de seda e uma imensa trepadeira jiboia. Um paraíso onde Pilar retinha Ulisses com a força incomensurável de sua doçura. "Linda ilha, linda ninfa", se contentava o professor.

Todas as manhãs saía da alegria do leito de Pilar, trabalhoso, e percorria a cobertura, atestando a beleza do lugar e o que faziam lá embaixo. E faziam sempre a mesma coisa, ocupavam a mente com aquele desejo de ser justificado e, quanto mais procuravam, como ele, mais sentido não encontravam em continuar respirando. E a situação começou a ocupá-los, eliminando alguns. E as estatísticas cresciam e eram noticiadas. Nas aulas online tentava surrupiar o lastro encurtado do mundo. O espaço é a casa, as audiências são as casas, mas a visão de mundo são os livros, suas aventuras, sonhos e metáforas; e sua articulação no cotidiano.

Os alunos online já adultos de sua universidade foram adestrados na obediência ensinada na escola. Então seu terno, mesmo em casa, e seus livros na prateleira ao fundo eram as imagens de controle subjetivo que vigiava um ou outro ser que desligava a câmera para ir ao banheiro. Todos os dias somos vigiados e temos normas a seguir. Essa aula sobre vigiar e punir e ele preso. O panoptismo na arte de individualizar que cria um cadastro pessoal de cada um, e ali, na plataforma de ensino à distância gravada e fotografada, prometendo faltas ou altos salários nos concursos públicos.

— Sei que esperam isso, não é? Ou algum de vocês quer advogar? — E apenas um ou dois de cada turma de oitenta confirmava vocação.

Assim prosseguia a aula, revelando um sussurro de escárnio, atacando os alunos.

— Prisão é a aparelhagem geral para tornar os indivíduos dóceis. Mas o Estado garante a segurança do condenado, que não será linchado em praça pública. Escola — Trabalho — Diversão. Adestrados desde pequenos a se tornar normais, iguais, seja no trânsito, no trabalho, na escola. Nosso tempo é roubado e moldado pelas normas. O Estado é domesticador.

Cada vez que olhava o suplício visto de cima do arranha-céu residencial, uma ideia essencial do direito lhe percorria a gota serena. O homem era amigo do saber na sociedade sob controle. Torturava os intelectos dos alunos para confessar os próprios crimes. Ele também confessava logo os seus porque assim acabava com aquela dor insuportável.

Pilar fez da ilha uma parte adorável do globo. Bastava esticar o braço para ter acesso a iguarias perfeitas sobre a mesa lustrosa. "Ele, dono de rutilantes feitos, era o prisioneiro de uma ilha mole. Como poderia fugir, rodeado do perigo invisível e indomável, esquecido pelos deuses por quem tanto combatera, com a proa encalhada no luxo?" Assim gemia por metáforas o professor simpático e espirituoso.

Porém algo o angustiava. Enquanto contemplava de seu panóptico a lã formosa de púrpura marinha que inundava o mundo, retirando da situação os conceitos das aulas, recordava da pequena Rafaela. Frequentador assíduo do Mercado Municipal, em seu confinamento, o professor Ulisses estava com uma saudade danada do Baixo Centro e principalmente da garotinha de quatro anos e meio. Conhecia a loja do pai de Rafaela há dez anos, onde comprava sempre linhaça e gergelim preto. Mário, o pai da Rafaelinha, era um destemido comentador do panorama político do país, se tornaram grandes amigos. Quando a menina nasceu, comprou para ela um elefante de borracha. A menina foi crescendo e, uma vez por mês, se encontravam. Ficou dado o codinome tio Ulisses a ele e de fato, havia ali uma construção muito bonita de amizade. Ele se ajoelhava e ela corria para abraçá-lo, um abraço de criança não pode ser dado impunemente a um filosofo velho de barba branca. Passou a encontrar pretextos idiotas para ir uma vez por semana, depois duas. Depois começou a ir sem pretexto só para vê-la. A coisa que mais sentia falta da vida lá embaixo era daquele abraço. O gergelim preto torrado fazia parte da sua dieta apreendida na medicina chinesa. O poder de limpeza era notável.

Eis que o inesperado aconteceu. Mensagem dos deuses, estranha aparição coxeando e gemendo em disputa barulhenta entre os prados de hortênsias doces e altos manacás cultivados por Pilar.

— Acode aqui, Ulisses!

Um pombo com a inversão dos instintos cravou as garras nas costas do Gato de cor marrom mercúrio e lhe bicava a cabeça. O Gato, absurdado com a prepotência inesperada, se debatia, mas cedia, subjugado com a dor das unhas e do bico da ave nas costas. Com uma vassourada bem dada, Ulisses acertou o pombo branco, que finalmente o largou.

Pilar abraçou e acariciou o bichano, que correspondeu com ronronadas de gratidão. Passado o susto, ela trouxe leite, ele não quis comer. Trouxe biscoitos, não comeu, mas miava de fome e dor. Ambrosia em prato de cristal, do qual trasbordava o néctar divino, o Gato percebeu a doce hospitalidade, mas não quis comer.

Foi então que Ulisses ouviu a resposta de suas preces em um murmúrio gostoso:

— Vamos ter que comprar ração e um analgésico.

O professor tentou ligar para Mário, mas, como acontecia já há algumas semanas, não obteve êxito. A divina Calipso mordeu levemente o beiço e sobre a sua face luminosa caiu a sombra do arrependimento. A esposa não queria sair de casa de forma alguma. Mas, dada a urgência do animal ferido e com fome, convocou o marido para fazer o que ela mesmo condenou várias vezes nos últimos meses.

— Vamos ao mercado.

Aquele gato cor do deus, marrom Mercúrio, símbolo do comércio, trouxe-lhe a salvação. Ele iria rever a Rafaela.

Desceram para a garagem o torto caminho da insegurança, para apanhar o carro, devidamente aparamentados de todos os cuidados. Na saída do elevador, toparam com o filho doido do falecido Pacheco, vizinho motorista de táxi, que havia sucumbido por afogamento.

Saíram do prédio pela primeira vez após três meses em sua jangada segura para fender o verde dorso do mar. Afrontando a inconstância do trânsito e das ondas.

Rafaela morava com o pai e o avô bem longe do Centro, na Zona Oeste, em um bairro familiar. Mas tinha uma casa de ração no Mercado Municipal. No dia que a cidade submergiu, ela se recordou da mãe, não fazia muito isso, porque o jeito de se demostrar esperta era esquecer. Tinham rações e cereais de quase todas as marcas e gostos, vendidos a granel.

Avistá-la de longe era como chegar a Ítaca. Abrir o braço e ver aquele projetinho de gente correndo para encontrá-lo. A menina, passarinho de pouca penugem encontrando o ninho nos braços do tio Ulisses. Ele, aliviando em gemidos o peso do coração, a abundância fraterna e o repouso de saudade saciada. Todo esquecimento de cuidados sanitários.

— Papai não quer acordar, tio. — E aquele olhar de quem diz, o senhor é forte e importante, faz alguma coisa, me traga de volta o meu pai.

Enquanto Pilar comprava os insumos necessários, o professor se informou com Agenor, pai de Mário e a avô de Rafaela, o que havia acontecido.

É melhor você cumprir os combinados com as crianças. Quando marcar uma data, cumpra. Elas já aprenderam a riscar os dias nos calendários e vão esperar por você. O pai foi ao hospital, dizendo voltar no dia seguinte. Depois, por telefone com o avô, avisou que voltava dali a sete dias. Depois não disse mais nada. O avô da menina contou que Mário estava em coma há mais de quarenta dias, respirando com aparelhos.

De novo Ulisses pegou e menina nos braços. Ele a amava justamente pelo que tinha de incompleto e frágil. Essa pequenez e necessidade de ajuda que inutilizam todas as virtudes do coração.

Conhecendo a malícia infinita que contém o coração das mulheres ciumentas, se convenceu em partir, deixando os braços idílicos da menininha para trás.

Cuidaram do gato.

Sete dias depois, o professor Ulisses era internado no hospital e pôde dizer a esposa enquanto deixava sumir os sentidos na anestesia:

— Oh, deusa venerável, não se escandalizes, somos vítimas da fatalidade.

Via-se preso a uma maca de hospital. A solidão é a arma para que ele reflita sobre seus atos. Ele era o preso que não transgrediu nenhuma lei. Mas o detento deve trabalhar enquanto está preso, seu ofício, filosofar. Era um atlante narrado por Heródoto prisioneiro da guerra contra os gregos, que escutava o choro dos mortos e dos vivos. É contra a natureza tanta gente deixar de existir assim, de uma vez, os rios não aguentam tantos filhos sem pais, mães sem filhos. Os cientistas atestaram veracidade de que a água primeiro encheu os rios, transbordou no mar. Veio subindo e tomou conta do mundo. O arquiteto se esqueceu da rolha para esvaziar essa imensa piscina de lágrimas.

JOÃO VALADARES

é mestre em teatro pela UFMG e um dos fundadores da Preqaria Cia de Teatro onde atua, dirige e escreve desde 2006. É professor da Escola Livre de Artes de BH (Arena da Cultura) desde 2014 e, desde 2009, coordena a Escola Livre de Artes de Sete Lagoas. É curador da Temporada de Teatro de Sete Lagoas desde 2014. Como jornalista, ator e diretor, tem trabalhos no cinema e na TV. Publicou *Hipoteca*, 2005, *Respiro de Gaia*, 2020, e a peça *Cada cor tem um cheiro* no catálogo Janela de Dramaturgia, 2016.

este livro foi editado

no inverno

de 2022